UNDER COVER

Sandrine Jolie

UNDER COVER

Literaire thriller

uitgeverij marmer

1

SANNE ROMEIJN KLIKTE MET EEN ZUCHT OP HET pauze-icoon op haar scherm en wreef in haar brandende ogen. Vijf uur achter elkaar ingespannen naar beveiligingsbeelden turen was niet goed voor haar slijmvliezen en voor haar humeur.

'Ah, shit', mompelde ze. Te laat herinnerde ze zich dat ze die ochtend make-up op had gedaan. Ze keek naar de donkere vlekken op haar vingers en vloekte opnieuw. Waarom had ze überhaupt de moeite genomen zich op te maken? Ze zag vandaag geen mens. Net als gisteren en, zo vreesde ze, morgen. Haar taak was om in de videokamer drie weken aan cameraopnames door te nemen in de hoop dat ze de hoofdverdachte in een omvangrijke drugszaak konden linken aan de wasserette waar, zo was inmiddels bewezen, op grote schaal witwassing van crimineel geld plaatsvond. Op een of andere manier gebeurde dat vaak bij wasserettes. Sanne was er nog steeds niet helemaal uit of hier een bepaalde vorm van drugsbaronnen-humor in school. Feit was in elk geval dat het een makkelijke manier van witwassen was: veel kleine bedragen, veel contant geld, veel vreemden die in en uit konden lopen zonder dat het verdacht was. Immers, iedereen moest de was doen.

Behalve, blijkbaar, Georgino Panzaki. Hem had ze nog niet op de beelden kunnen ontdekken, net zomin als een van de vele loopjongens die de politie inmiddels had geïdentificeerd. Het onderzoek naar vermoedelijk de grootste drugsbaron van zuidelijke Nederland had na ruim twee jaar nog niks opgeleverd dat Panzaki's netwerk zou kunnen oprollen en de baron zelf voor langere tijd achter de tralies zou doen belanden. Natuurlijk, de recherche had genoeg bewijs dat hij in drugs handelde. Maar dat zou hem, in het gunstigste geval, een paar jaar straf opleveren. Waarschijnlijk minder. Niet de moeite waard. De grote klapper, daar wachtten ze op. Sanne betwijfelde of de verborgen camera die de recherche bij de ingang van de verdachte wasserette had opgehangen de truc ging doen. Ze had dik anderhalve week aan beeldmateriaal bekeken en helemaal niks gevonden dat er ook maar in de verste verte op duidde dat Panzaki banden had met de wasserette.

Ze slaakte een zucht en stond op. Haar koffiebeker was leeg en ze moest haar make-up fatsoeneren. Ze opende de deur van de donkere ruimte en knipperde even tegen het licht. Op de gang en in de kantoren die erop uitkwamen heerste bedrijvigheid, geroezemoes. Als je te lang in die videokamer zat, vergat je dat op de rest van de recherche-afdeling hard werd gewerkt aan het oplossen van allerlei criminele zaken.

Sanne zette haar koffiebeker in het keukentje en dook het toilet in. Met een papieren handdoekje en wat water poetste ze de oogschaduwvlekken van haar wangen. Haar mascara was gelukkig blijven zitten. Ze liep naar de koffieautomaat in het keukentje en drukte twee keer op de knop van de extra sterke zwarte koffie. Ooit, toen ze net na haar opleiding als surveillant was begonnen, was ze ervan overtuigd geweest dat recherchewerk het meest opwindende was dat je binnen de politie kon doen. Ze had keihard gewerkt om boven het maaiveld uit te komen en uiteindelijk had ze de stoute schoenen aangetrokken en had ze gesolliciteerd bij de recherche. Weer later had ze haar zinnen gezet op een baan bij de Dienst Specialistische Recherche Toepassingen, wat haar betrof het neusje van de zalm binnen de recherche. Ze wist dat haar sollicitatie voor de nodige gefronste wenkbrauwen had geleid. De Dienst werd voornamelijk bemand door door de wol geverfde rechercheurs, minstens tien jaar ouder dan zij met haar vierendertig jaar, en derhalve ook heel wat meer ervaren. Maar haar ambitieuze houding en grote dosis lef hadden indruk gemaakt op de leidinggevende van de afdeling, Rudi Zundert. Ze realiseerde zich heel goed dat ze door te solliciteren zichzelf ook volslagen belachelijk had kunnen maken en des te uitzinniger was ze geweest toen Rudi belde dat hij haar graag in zijn team wilde hebben. Dat was nu anderhalf jaar geleden. Het eerste jaar had ze vooral assisterend werk gedaan. Undercoveroperaties voorbereid en ondersteund, om de kneepjes van het vak te leren. Zes maanden geleden was ze voor het eerst zelf als undercoveragente ingezet. Samen met collega's was ze geïnfiltreerd om een illegale bonthandel te ontmaskeren. De operatie was een succes geworden en de omvangrijke handel was opgerold, puur en alleen dankzij het slimme undercoverwerk. De vijf verantwoordelijken waren opgepakt en de rechtszaak tegen hen zou later dit jaar beginnen. Een hele kluif voor het Openbaar Ministerie, want de vier mannen en één vrouw bleken niet alleen in Nederland, maar ook in het buitenland talloze fokkerijen te hebben waar zo'n beetje alle regels werden geschonden. Sanne had een paar van de fokkerijen in Nederland – allemaal gelegen in het grensgebied met Duitsland of België – gezien en ze kon nog steeds de geur terughalen die daar hing. De geur van angst. De honderden beesten die onder erbarmelijke omstandigheden in veel te kleine hokken leefden, die elkaar aanvielen en letterlijk doodden vanwege een stukje voedsel. Ze had er grote moeite mee gehad die beesten niet allemaal in één keer vrij te laten, maar haar rol was die van geïnteresseerde handelspartner geweest en dus had ze met lede ogen moeten toezien hoe het dierenleed langer duurde. Gelukkig hadden ze na drie maanden genoeg bewijzen verzameld en konden de verantwoordelijken worden gearresteerd. Daarna had de Dierenbescherming zich over de verwaarloosde nertsen ontfermd.

Sanne en haar collega's waren als een soort helden onthaald bij de Dienst en ze merkte dat ze sinds die undercoveractie meer respect had bij haar collega's. Ze hoefde niet meer zo vaak op te boksen tegen veel meer ervaren rechercheurs die niet begrepen waarom Rudi in vredesnaam zo'n broekie had aangenomen. Ze begon haar sporen te verdienen. Mede daardoor smaakte de undercoveractie naar meer.

Ze nam haar beker mee naar de videoruimte en sloot de deur achter zich. In het donker nam ze weer plaats achter het bureau. Nadenkend roerde ze door de koffie. De actie mocht dan naar meer smaken, vooralsnog was een nieuwe undercoveropdracht uitgebleven. Ze was al bijna drie maanden terug bij haar oude werkzaamheden: voorbereiding en ondersteuning. En dat terwijl ze juist brandde van de ambitie om te laten zien wat ze kon. Ze durfde niet aan Rudi te vragen of er nog wat van kwam. Hij had haar een enorme kans gegund door haar aan te nemen en in te zetten op het onderzoek naar de bonthandel. Ze wilde niet ondankbaar of ongeduldig overkomen. Als hij geïrriteerd raakte, zou het er vast niet beter op worden. Hoewel ze zich dat eigenlijk niet goed kon voorstellen. Rudi was een aimabele man. Wie hem niet goed kende, zou hem niet houden voor de intelligente en soms keiharde politieman die hij werkelijk was. Hij had iets vaderlijks over zich, waarmee hij niet alleen Sanne maar de meeste jonge rechercheurs benaderde. Als ze een vraag had die te maken had met het lopende onderzoek of met het vak in het algemeen, zou ze geen seconde aarzelen en bij hem aankloppen. Maar ze wist niet wat hij zou zeggen als ze haar onvrede zou uiten.

Met een zucht zette ze het koptelefoontje weer op haar oren en startte de video. Mensen met tassen vol was begonnen de wasserij in en uit te lopen. Ze tuurde naar het scherm en voelde haar ogen opnieuw branden. Ze nam een grote slok koffie.

Sanne had het idee dat er uren verstreken waren toen ze het lampje van de telefoon rood zag oplichten. Ze keek vluchtig op de klok. In werkelijkheid was het slechts drie kwartier. Ze zette de video stil, verschoof de koptelefoon naar haar nek en reikte naar de hoorn.

'Romeijn', zei ze.

'Sanne.'

Ze ging rechter op zitten. 'Rudi', antwoordde ze. Ze rapporteerde niet aan hem, hij was niet eens de onderzoeksleider, maar toch voegde ze toe: 'De camerabeelden hebben nog steeds niks opgeleverd.'

'Daar bel ik niet voor. Kom even naar mijn kantoor.'

Sanne voelde een verwachtingsvolle steek in haar buik. 'Ik ben er over een minuut.'

Ze trok de koptelefoon van haar nek en gooide hem op het bureau. Daarbij stootte ze bijna haar koud geworden koffie om. Ze kon maar net voorkomen dat de zwarte vloeistof over het toetsenbord van de computer uitliep. Snel verliet ze de kamer en liep met grote passen naar het kantoor van Rudi aan het einde van de gang. Haar hart klopte harder dan normaal. Rudi liet haar nooit komen, en het zou vast niet voor niks zijn.

Ze klopte kort op de openstaande deur. Rudi zat achter zijn bureau en keek op. 'Ah, daar ben je.' Hij gebaarde naar een van de twee stoelen voor hem. 'Ga zitten.'

Sanne nam plaats en probeerde niet al te verwachtingsvol te kijken.

Rudi trok een dikke dossiermap naar zich toe. Ze volgde zijn bewegingen met haar ogen. Hij sloeg de map open en trok er een foto uit. Daarna keek hij haar aan.

'Hoe gaat het?'

Ze knipperde even. 'Goed. Ik ben bezig met de videobeelden van de wasserij waar Panzaki zijn drugsgeld witwast. Vooralsnog hebben we hem er niet aan kunnen linken, maar vroeg of laat moet dat lukken.'

Rudi knikte langzaam. 'Iemand anders gaat de camerabeelden van je overnemen. Voor jou heb ik iets anders.' Over het bureau schoof hij de foto naar haar toe. 'Ken je deze man?'

Sanne pakte het papier en keek naar een gezette man van in de vijftig. Hij had dun, rossig haar dat enigszins aan zijn licht bezwete schedel plakte. De bovenste knoopjes van zijn witte overhemd stonden open en grijs borsthaar krulde tevoorschijn. Om zijn nek hing een gouden kettinkje met een hanger die verdween in het borsthaar.

De strakblauwe lucht op de achtergrond verried dat de foto ofwel in de zomer was genomen, of op een warme bestemming. Hij was duidelijk geposeerd, geen snapshot dat de politie onopvallend had genomen.

'Facebook', verklaarde Rudi, die haar blik blijkbaar feilloos kon lezen. 'Ken je hem?'

Sanne trok haar mondhoeken naar beneden en schudde langzaam haar hoofd. 'Nee.'

'Dit is Charlie van der Zee, zesenvijftig jaar oud, geboren en woonachtig in Eindhoven. Onder andere, want hij heeft ook huizen in België, op Curaçao en in Zuid-Frankrijk. Leidt een luxe leventje, heeft sportwagens in alle soorten en maten, vliegt voornamelijk privé en staat bekend om exorbitante feesten waarbij hij niet zelden personeel laat invliegen uit allerlei verre landen. En met personeel bedoel ik niet de kok. Hij heeft geld als water en wij vragen ons al enige tijd af waar dat geld vandaan komt.'

Sanne keek op. 'Drugs?'

Rudi knikte. 'Zeker, maar hij speelt het slim en het is nog niet gelukt een zaak tegen hem rond te krijgen. We vermoeden sterk dat hij banden heeft met Panzaki, maar ook dat kunnen we nog niet hard maken. De rechercheonderzoeken naar deze twee heren lopen parallel aan elkaar, waarbij het onderzoek naar Van der Zee wat mij betreft prioriteit heeft.'

'Hoezo?'

'Omdat hij naast drugs ook in de sekshandel zit. Hij is eigenaar van Charlie's Angels, een bedrijf dat een groot aantal sekslijnen en webcams exploiteert. Er gaan miljoenen om in de zaak en het grootste deel ervan lijkt te verdwijnen in de zak van de baas. De vrouwen aan de telefoon en voor de camera komen veelal uit Oost-Europa. Ze zijn vaak minderjarig en verblijven hier illegaal. We denken dat Charlie hun paspoorten afpakt, hen afscheept met een minimaal loontje en als hij hen niet meer kan gebruiken, verkoopt hij hen aan een van zijn vriendjes uit de business, die hen achter het raam zet.' Hij streek even door zijn haar. 'Dat laatste is een zaak van de zedenpolitie, wij richten ons in dit onderzoek vooral op de geldstromen en het personeelsmanagement. Waar komt het geld vandaan, hoeveel is het, waar blijft het, hoeveel gaat er naar de vrouwen, hoeveel komt er binnen als hij ze verkoopt? Charlie's Angels heeft een boekhouding en betaalt zowaar belasting, maar de omzet op papier is een stuk kleiner dan de werkelijke omzet, vermoeden we. Van wat Charlie volgens de boeken verdient, kan hij niet eens de sportauto's die hij rijdt betalen, laat staan het huis waar hij woont. Het zal je niet verbazen dat een belletje naar de accountant van het bedrijf niet veel zin heeft. Die firma staat erom bekend dat ze meer criminele dan niet-criminele klanten in het bestand hebben.'

'Dus het gaat puur om de financiële zaken van het bedrijf?'

Rudi knikte. 'Ja, maar we willen ook weten hoe hij aan de vrouwen komt. Mogelijk gaan daarin ook grote bedragen om. We vermoeden dat hij contacten in Oost-Europa heeft die hij betaalt om de vrouwen voor hem te regelen. Waarschijnlijk komen ze het land binnen via België, daarom is ook de Belgische politie bij het onderzoek betrokken. Als hij inderdaad vrouwen koopt, kan hem naast financiële delicten ook mensenhandel ten laste worden gelegd en wordt de zaak tegen hem een stuk sterker.'

'Oké.' Sanne knikte en keek naar hem op. Ze zat hier niet zomaar. Haar hart begon sneller te slaan toen ze vroeg: 'En wat verwacht je van mij?'

Rudi trok de foto weer naar zich toe en stopte die terug in het dossier. 'We doen al maanden intensief onderzoek, maar we komen niet verder. Enkele misstanden zijn wel aan te tonen, maar we willen het in één keer goed doen. Grote criminele activiteiten aan het licht brengen. Daarom hebben we iemand nodig die de organisatie van binnenuit gaat analyseren. Iemand die undercover gaat bij de sekslijnen en de webcams.' Rudi keek haar aan. 'Ik wil graag dat jij dat doet.'

Sanne beet op haar lip om te voorkomen dat er een grijns van oor tot oor op haar gezicht te zien zou zijn. Ze knikte, hield haar gezicht in de plooi en zei: 'Natuurlijk.' Om haar professionaliteit te onderstrepen voegde ze eraan toe: 'Dat is mijn werk.'

Rudi schoot in de lach. 'Nou, ik hoop dat je geen ervaring hebt met dit werk.'

'Nee! Nee, natuurlijk niet.' Sanne keek naar haar handen en baalde. Waarom moest ze nou van die onzin uitkramen? 'Ik bedoel: undercover gaan. Ik ben blij met deze nieuwe opdracht, Rudi.'

'Ik heb vertrouwen in je. De vorige keer heb je het goed gedaan.' Hij keek haar serieus aan. 'Dit is geen makkelijke actie, Sanne. Ik ben bang dat er meer van je wordt gevraagd dan de vorige keer. Als je undercover gaat als camgirl, zul je ook als zodanig moeten werken. Weet je zeker dat je dat wilt?'

Ze knikte. 'Natuurlijk.'

'Ik heb iemand geregeld die je een aantal dingen over het werk zal leren en daarna moet je solliciteren bij Charlie van der Zee. Daar hangt veel van af, want als je niet wordt aangenomen, mislukt de actie al voordat die begonnen is.'

Sanne knikte opnieuw ferm. 'Ik begrijp het.'

'Ze is hier over precies twee uur', zei Rudi met een blik op zijn horloge. 'In de tussentijd kun je je vast inlezen in de wereld van de sekslijnen en webcamgirls.' Hij schoof een andere map naar haar toe. 'Hierin zit een samenvatting van wat we over Charlie van der Zee weten. Alles wat belangrijk is, staat erin. Lees het door en probeer deze week nog te solliciteren.' Hij leunde een beetje naar haar toe. 'We hebben begrepen dat hij behoefte heeft aan meisjes uit Nederland, of in elk geval uit de Europese Unie. Ter compensatie van al die vrouwen uit het Oostblok. Als je goed je best doet, zou het moeten lukken om binnen te komen. Wat hij je ook biedt aan salaris en of je nou wel of geen contract krijgt, je vindt alles best. Je werkte namelijk voor jezelf, maar je had te weinig klanten. En omdat je nogal een wilde bent en houdt van feesten, heb je geld nodig. Anders word je binnenkort je appartement uit gezet. Je vindt daarom elk aanbod goed, als er maar íéts binnenkomt. Begin zelf niet over geld of contracten, laat hem komen. En onthoud precies hoe hij dat soort zaken regelt. Als je eenmaal binnen bent, krijg je meer gedetailleerde vragen waar we antwoord op willen.'

Sanne stond op en knikte opnieuw. Ze pakte de map. 'Duidelijk.'

'Je werk wordt overgenomen door Steensma, daar hoef je niet meer naar om te kijken. Spreekkamer zes staat tot je beschikking, daar komt Lara straks ook naartoe.'

'Lara?'

'Je lerares. Ze heet geen Lara, maar je kan haar zo noemen. O, en Sanne?'

Ze was al op weg naar de deur en keek om. 'Ja?'

'Praat met niemand over deze actie, niet binnen en niet buiten de afdeling. Slechts een paar mensen zijn op de hoogte. Lara is te vertrouwen, maar weet desondanks niet wat jij gaat doen.'

'Van mij hoort niemand iets, Rudi.' Ze aarzelde even en zei toen: 'Dank je wel. Voor je vertrouwen.'

Hij glimlachte heel even. Zijn stem klonk vaderlijk toen hij zei: '*Go for it*, Sanne. Je kunt het.'

Ze beende over de gang naar de spreekkamer en voelde haar hart tekeer gaan. Eindelijk werd haar goede actie van de vorige keer beloond! Ze had niet verwacht dat het allemaal zo snel zou gaan. Ze kreeg nauwelijks tijd om zich voor te bereiden, maar het kon haar niet schelen. Hier en daar groette ze vluchtig een aantal collega's. Ze maakte geen oogcontact, bang dat iedereen aan haar gezicht kon aflezen dat er iets aan de hand was. Ze liep snel langs haar bureau en pakte haar laptop. Daarna sloot ze zich op in de spreekkamer en sloeg de map open.

Bovenop lag een foto van een appartement in de binnenstad van Eindhoven. Er stond een adres op en in de map zat een sleutel. Sanne keek naar het adres, herhaalde het een paar keer en kende het toen uit haar hoofd. De sleutel stak ze in haar zak. Ze keek verder en vond een paspoort. Bij haar eerste undercoveractie had ze Michelle van Tegelen geheten, inclusief paspoort, rijbewijs en Facebook-account. Deze keer was haar naam minder degelijk: Angelica Groot. Oftewel Angie G. Ze las de bijbehorende biografie door. Het was zoals Rudi had gezegd: ze had ervaring met sekslijnen en ze had voor zichzelf gewerkt als camgirl. Maar ze was opgelicht door degene die de betalingen voor haar regelde en had daarom besloten te stoppen en te solliciteren. Het was een goed verhaal, waarmee ze zeker bij Charlie binnen moest kunnen komen.

Ze bladerde verder door de papieren. De informatie over Charlie zou ze later wel behandelen, nu was het vooral belangrijk dat ze zich inlas in de wereld van de camgirls. Ook daar was een pakket informatie over. Sanne keek het door. Er stonden foto's bij, screenshots en ook voorbeelden van sekslijnen. Namen die ze zeker zou moeten kennen, ze had immers ervaring in de business. Ze leerde ze uit haar hoofd. Toen ze weer opkeek, was er bijna twee uur verstreken. Er klonk een kort klopje op de deur. Ze rechtte haar rug en slikte. Nu ging het beginnen.

2

'JA.'

'Charlie van der Zee?'

'Ja. Wie is dit?'

'Angelica Groot'

'Ja?'

Hij was niet erg spraakzaam. Sanne fronste en bepaalde haar tactiek. Uit wat ze over Charlie had gelezen, had ze opgemaakt dat hij een harde en oneerlijke zakenman was, met weinig tijd en alleen geïnteresseerd in geld.

'Ik zoek werk. Ik ben camgirl.'

Sanne had zich erover verbaasd dat een telefoontje naar de baas zelf de enige manier was om in contact te komen en te solliciteren. Blijkbaar hield Charlie de touwtjes zelf strak in handen.

'Camgirl, hm.' Hij zei even niks. 'Mail me informatie over jezelf.'

'Kan ik niet langskomen om te praten? Ik wil graag snel beginnen.'

Weer die stilte. Blijkbaar nam hij het in overweging.

'Vanmiddag', stelde Sanne voor. Ze moest haar hand niet overspelen, maar ze had allang gemerkt dat Charlie geïnteresseerd was. Haar accentloze Nederlands sprak hem waarschijnlijk aan, als het waar was dat hij op zoek was naar meisjes uit Nederland.

'Vanmiddag', zei Charlie uiteindelijk. 'Eén uur.'

Hij noemde het adres dat Sanne al kende. Ze beloofde dat ze er zou zijn en hing op. De eerste stap was gezet. Ze wist amper vierentwintig uur van de actie af en nu had ze al de sollicitatieafspraak te pakken. Ze keek op haar horloge. Nog anderhalf uur voor ze bij Charlie werd verwacht en het was hooguit tien minuten lopen vanaf haar tijdelijke appartement. Ze concentreerde zich weer op wat ze gisteren van Lara had geleerd. Hoe meer ze wist, hoe beter.

Lara had duidelijk instructies gekregen om niet te vragen naar het hoe en waarom. Ze was binnengekomen, had zich voorgesteld en was meteen begonnen met haar uitleg. Drie uur later duizelde het Sanne van alles wat ze had gehoord. Ze had nooit kunnen vermoeden dat er zoveel te weten was over webcamseks, telefoonlijnen en smsdiensten. Met dat laatste kreeg ze waarschijnlijk niet te maken, maar als je de wereld wilde kennen, moest je meer weten dan je nodig had, was Rudi's redenering altijd.

Sanne had verwoed aantekeningen gemaakt, die ze nu door zat te lezen. Camgirls, ook wel camwhore of soms chatmodel genoemd, zijn vrouwen die voor een webcam seksuele handelingen verrichten, las ze. Die handelingen hebben vaak te maken met zelfbevrediging of moeten op een andere manier de kijker van de camerabeelden aanzetten tot masturbatie. Het is gebruikelijk dat de kijker per minuut betaalt en extra geld neertelt voor 'specials'. Sanne had Lara vragend aangekeken toen ze dat woord had gebruikt, waarop Lara had verduidelijkt dat bij sommige aanbieders de kijker getrakteerd kon worden op twee vrouwen die voor de camera seks met elkaar hadden of een complete SM-show met meerdere camgirls. Sanne had rondgekeken op de site van Charlie, maar om alleen al een kijkje in het aanbod te mogen nemen, moest je een account aanmaken. Daarmee voldeed Charlie aan regelgeving die moest voorkomen dat kinderen per ongeluk op een site als de zijne terecht konden komen, waar ze dingen te zien of te lezen konden krijgen die niet voor hun ogen waren bestemd. Ze wilde geen account aanmaken. Ze wilde niet traceerbaar zijn, zeker niet met het IP-adres van dit appartement, ook al was het op geen enkele manier aan de politie te linken.

Samen met Lara had ze diverse zaken geoefend, zoals geil in de camera kijken, dirty talk en hoe je het perfecte orgasme fakete. Vooral dat laatste was belangrijk, omdat sommige mannen wilden leven in de illusie dat ze zelfs op afstand een vrouw konden laten klaarkomen door geile praat. Sanne vond het nogal lachwekkend, maar volgens Lara waren dit de mannen die het vaakst terugkwamen. Sommigen omdat ze er een kick van kregen dat ze blijkbaar tot zoiets in staat waren, anderen omdat ze serieus geloofden dat de vrouw in kwestie hen nodig had om aan haar trekken te komen. Sanne knoopte die les goed in haar oren. Ze moest de informatie dat dit haar specialiteit was, op een of andere manier in het sollicitatiegesprek noemen.

Bovendien was het lawaaiig faken van een orgasme belangrijk bij Charlies andere grote business: de sekslijnen. Sanne had van Lara geleerd dat er twee soorten sekslijnen bestonden: de live lijnen en de bandjes. Met beide methodes werd veel geld verdiend. De live lijnen werden bemand door vrouwen die dirty talk tot een specialiteit hadden verheven en die mannen via de telefoon tot een hoogtepunt brachten. Waarbij het de kunst was dit vooral niet te snel te doen. Elke minuut betekende kassa. Bellen naar een ingesproken bandje met geile praat was goedkoper, maar ook minder spannend. De meeste systemen waren zo gemaakt dat iemand die altijd met hetzelfde telefoonnummer belde pas na een heleboel keer hetzelfde bandje te horen kreeg – en zelfs dat gebeurde zelden want de bandjes werden regelmatig opnieuw ingesproken – maar toch was een opgenomen stem die een standaard verhaal afdraaide stukken minder spannend. De bandjes waren dan ook minder populair en deden het vooral goed bij minderjarigen die trillend van de spanning een keer een sekslijn belden, had Lara uitgelegd. De live sekslijnen waren vele malen lucratiever.

Sanne keek haar aantekeningen door over de dirty talk die mannen wilden horen. Lara had allerlei suggesties gedaan. Vooral complimenten over de maat deden het altijd goed, had ze gezegd, net als kreunend vertellen hoe hard-ie was. Mannen waren van nature competitief, was Lara's simpele verklaring geweest, en wilden daarom altijd horen dat die van hen de grootste, de hardste en de lekkerste was. Een simpele theorie waar Sanne om moest glimlachen. Nu moest ze het alleen nog in de praktijk brengen.

Ze sloeg haar notitieblok dicht en keek op de klok. Ze kon zich maar beter gaan omkleden. In de kast had ze een verzameling outfits gevonden die duidelijk geschikt waren om tijdens het werk te gebruiken. De stukjes stof of leer die voor een rok of een top moesten doorgaan, lieten niks aan de verbeelding over. Ze ging door het rijtje kleding heen en twijfelde of ze al bij haar sollicitatie in vol ornaat moest verschijnen.

Uiteindelijk vond ze een korte, leren rok die iets meer van haar benen bedekte dan de rest. Ze combineerde hem met een mouwloze zwarte top met studs die haar buik gedeeltelijk onbedekt liet en pakte dankbaar de lange zomerjas die voor haar klaar hing. Zo kon ze enigszins bedekt over straat.

In het piepkleine badkamertje deed ze donkere oogschaduw op en een flinke laag mascara. Tevreden bekeek ze het resultaat in de spiegel. Haar donkerbruine ogen kregen een haast mysterieuze uitstraling door de overdreven make-up. Ze haalde een kam door haar haar en liet het los over haar schouders hangen. Opsteken vond ze te truttig voor de wereld waarin ze zich zou begeven en als ze een paardenstaart maakte leek ze jonger dan ze was. Dat wilde ze juist niet. Aan jonge meisjes had Charlie volgens haar informatie geen gebrek.

Ze wierp een laatste blik in de spiegel en liep naar de gang. Daar trok ze de jas aan en pakte haar tas met niet meer dan haar mobiele telefoon, portemonnee en paspoort. Vroeger had ze altijd gedacht dat undercoverwerk veel te maken had met verborgen microfoons en zelfs verborgen camera's in handtassen, maar inmiddels wist ze wel beter. Om te mogen afluisteren of stiekem cameraopnames te maken was toestemming van de rechter nodig. Ze wist niet of die toestemming in deze fase nog niet was aangevraagd of niet was verleend. Feitelijk moest haar undercoverwerk ertoe leiden dat er een concrete verdachtmaking kwam, waarna Charlie kon worden afgeluisterd.

Sanne dook een beetje weg in de kraag van haar jas toen ze de straat op liep. Niet dat het koud was, maar ze wilde zo onopvallend mogelijk over straat gaan. Ze staarde naar de grond en vermeed oogcontact. Gelukkig kende ze niemand in Eindhoven en was de kans dat ze zou worden herkend bijzonder klein. Maar toch wilde ze elk risico uitsluiten. Vanaf nu zou ze elke dag zo moeten lopen naar wat hopelijk haar nieuwe werkplek zou worden. Ze had de route uit haar hoofd geleerd, zodat ze niet hoefde te blijven staan om te kijken. Ze sloeg een paar keer een hoek om en keek vanuit haar ooghoek naar de huisnummers. Bij nummer 47 hield ze stil. Even keek ze omhoog. Het was een smal pand, ingebouwd tussen twee grotere panden. Links zat een shoarmazaak op de begane grond, rechts een telefoonwinkel. Het pand van Charlie's Angels was opgetrokken uit grijze bakstenen en deed wat vervallen aan. Ze zag geen bordje, niks dat duidelijk maakte welk bedrijf zich hier bevond. Verbaasd was ze niet. Op internet was Charlie's Angels des te vindbaarder en daar bevonden zich de klanten.

Sanne zocht naar een bel en vond die uiteindelijk op het kozijn ter hoogte van de brievenbus. De verf was een beetje afgebladderd. Ze drukte en luisterde of ze binnen geluid hoorde. Niks. Ze wachtte een paar minuten en net toen ze ervan overtuigd begon te raken dat de bel het niet deed, hoorde ze een klikje. De deur sprong open. Ze duwde ertegen en stapte naar binnen.

In de gang was het donker en het rook er muf. Ze liep door. 'Hallo?' riep ze vragend.

Van achter in het gebouw kwam een antwoord dat ze niet kon verstaan. Ze liep door. Er kwam maar één deur uit op het gangetje, die op een kiertje stond. Ze duwde ertegen en zag een ruimte met een lange formica tafel en plastic stoeltjes. Tegen de wand stond een keukenblok dat z'n beste tijd had gehad en in de ruimte hing de lucht van verschraalde sigarettenrook. Ze keek verder. Een raam aan de achterkant bood uitzicht op een kleine tuin die dringend wat onderhoud nodig had.

De ruimte liep in een L-vorm. Sanne liep door en zag een leren bank tegen de wand staan. Er zat een man, die net een flinke trek van een sigaret nam. Ze herkende hem meteen. Hij was ouder dan op de foto, en dikker. Hij nam haar keurend op. Ze sloeg haar blik niet neer. Na een paar seconden stapte ze naar voren en stak haar hand uit. 'Angelica Groot.'

Hij stond op en schudde haar hand. De zijne voelde stevig. Hij keek haar nauwelijks aan. 'Charlie.'

Hij nam haar mee naar de keuken. Daar gebaarde hij naar een van de plastic stoelen. Ze deed haar jas los en nam plaats, achter een overvolle asbak. Charlie drukte zijn peuk erbij en pakte meteen een nieuwe. Met de sigaret tussen zijn lippen vroeg hij: 'Wat kun je?'

'Cammen.' Ze sprak het woord uit met een zekere achteloosheid, waarop ze geoefend had. Charlie leek niet te merken dat ze een staaltje acteerwerk liet zien. Hij reageerde sowieso nauwelijks op wat ze zei en leek ook niet te merken dat ze in een leren minirok en korte top tegenover hem zat. Of hij vond het niet meer dan normaal. In zijn wereld was dit waarschijnlijk een zeer geklede outfit.

Sanne monsterde hem terwijl ze haar ervaring als camgirl uit de doeken deed. Hij kwam ongeinteresseerd over, alsof het hem niks uitmaakte wat ze had gedaan of wat ze wilde. Ze begon zich een beetje zorgen te maken. Had hij wel een nieuwe camgirl nodig of serveerde hij haar zo meteen zonder pardon af? Waarom had hij haar dan laten komen?

Ze probeerde haar gedachten te ordenen terwijl ze praatte. Haar verhaal had ze zo vaak voor zichzelf herhaald, dat ze het moeiteloos kon opdreunen. 'Dus toen ging ik failliet', besloot ze haar relaas. 'En nu zit ik hier. Ik heb ervaring genoeg, maar ik wil gewoon niet meer voor mezelf werken.'

Ze zweeg. Even dacht ze dat Charlie überhaupt niet zou reageren, maar uiteindelijk knikte hij. 'Je krijgt een proeftijd van twee weken. Beval je niet, dan verdwijn je. Er zijn drie shifts, een om acht uur 's ochtends, een om vier uur 's middags en een om twaalf uur 's nachts. Jij doet vooral de cams.'

Sanne knipperde een paar keer. Ze was blijkbaar aangenomen. Ze onderdrukte de opwinding die ze van binnen voelde. Het was haar gelukt. Stap één was gezet.

Meteen concentreerde ze zich weer op Charlies woorden. Nu werd het interessant.

'Je logt in op de computer met je eigen gegevens. Er is geen basissalaris. De computer houdt bij wat je hebt gedaan. Op basis daarvan krijg je betaald. Hoe langer je camt, hoe meer je krijgt. We hebben specials, die duurder zijn dan de standaard cam-tarieven. Hoe meer je er hiervan verkoopt, hoe hoger je salaris. Je hebt ervaring, dus ik neem aan dat je weet wat de specials zijn en anders zullen de anderen je het wel uitleggen.' Hij reikte achter zich en trok wat papieren uit een keukenla. Uit zijn borstzakje haalde hij een pen tevoorschijn, waarmee hij een paar dingen op de papieren krabbelde. Daarna schoof hij het stapeltje naar haar toe. 'Dit is je contract. Op basis van nul uren, *no cure no pay*.' Hij wees naar de onderkant van de pagina. 'Overal een krabbel en aan het eind je handtekening.'

Sanne deed braaf wat hij haar opdroeg. Haar verwondering verborg ze vakkundig. Ze was hier nog geen kwartier en ze kon nu al een lijstje maken van de regels die Charlie had geschonden.

Ze zette de handtekening van Angelica, die ze ook had geoefend. Daarna schoof ze de papieren naar Charlie. Hij rolde ze op en hield ze in zijn hand. Sanne fronste, maar besloot niet te vragen waar haar exemplaar van het contract was. Te veel mondigheid werd vast niet gewaardeerd.

'Legitimatie?' vroeg Charlie, enigszins tot haar verbazing. Ze haalde haar paspoort uit haar tas en overhandigde het aan hem. Hij keek ernaar, schreef het nummer over op het contract en sloeg het toen weer dicht. Geen kopie. Sanne was niet genoeg thuis in het arbeidsrecht om te weten of een kopie van een paspoort verplicht was. Niet dat ze dacht dat veel van de vrouwen die voor Charlie werkten überhaupt hun paspoort nog hadden. Volgens haar informatie hadden zij hun legitimatiebewijs bij aankomst in Nederland of nog eerder moeten inleveren.

Charlie keek naar haar alsof hij niet goed wist wat ze hier nog deed. 'Als je vandaag wilt beginnen, kun je meteen naar boven. Of morgen, wat je wilt.'

'De kamers zijn boven?'

Hij knikte kort en stond op. Met enige moeite, zag Sanne. Zijn forse postuur zat hem in de weg. Zijn levensstijl van veel drank, eten en feestjes had blijkbaar zo zijn consequenties. Ze volgde hem de smalle trap op en kwam uit op een langgerekte overloop. Het pand was groter dan het vanaf de straat en zelfs beneden leek. Sanne zag acht deuren, allemaal gesloten. Naast het trapgat bevond zich nog een trap omhoog. Blijkbaar waren er op zolder ook nog kamers. Er was optimaal gebruik gemaakt van de ruimte. Het maximale resultaat per vierkante meter.

Charlie liep door naar de achterste deur en opende die. Hij keek even naar binnen en zwaaide hem toen verder open. 'Je kunt hier gaan zitten. De computer staat aan. Vandaag moet je maar even inloggen op een andere naam, morgen heb je je eigen code.'

Sanne stapte naar binnen. Ze knipperde een paar keer. Het was schemerig in de kamer, doordat de gordijnen gesloten waren. Het enige licht kwam door een kier in het midden. Ze keek om zich heen. Er stond een klein bureau, een sleetse stoel, een kast en een bed. De computer was een laptop die z'n beste tijd ook had gehad. Charlie mocht dan miljoenen verdienen met al zijn schimmige handeltjes, hij stopte het geld duidelijk niet in de uitrusting voor zijn bedrijf.

Charlie stond op. 'Ik heb voor je ingelogd. Als er een nieuwe klant online komt in de chatbox krijg je een melding. Klanten kunnen rechtstreeks naar de cams of via de chatbox. Rechtstreeks hebben we het liefste, maar soms moeten ze overgehaald worden. Heb je even geen klant, dan ga je naar de chatbox en loods je er eentje naar de cam. Alle specials staan aan de zijkant van het scherm. Als een klant er eentje aanklikt, zie jij dat op je scherm en wordt het extra bedrag meteen geïncasseerd van zijn tegoed.' Charlie trok een bureaula open, die een beetje klemde. 'Hier ligt alles wat je nodig hebt. Bij het bed is een plank, daar kun je de laptop op zetten, zodat de klant goed zicht heeft. We kennen geen nee en wil een klant een lesbian twosome of een threesome, dan loop je naar de anderen en regel je het. Als een klant moet wachten tot er iemand beschikbaar is, houd je hem bezig. Laat hem nooit offline gaan in de tussentijd.'

Minuten, of beter nog: uren maken, daar ging het allemaal om. Zoveel was Sanne inmiddels wel duidelijk.

'En de lijnen?' vroeg ze.

Charlie wees naar de telefoon. 'Je krijgt een code waarmee je inbelt. Zodra je beschikbaar bent, gaat er vanzelf een lijn open. Helena!'

Dat laatste was bedoeld voor iemand die over de gang liep. De vrouw hield haar pas in en stak haar hoofd om de hoek. 'Ja?'

'Dit is Helena', zei Charlie tegen Sanne. 'Zij werkt hier het langste. Als je vragen hebt ga je naar haar en zij bepaalt ook wanneer je werkt en wat je doet.'

Sanne stak haar hand uit en schudde die van de andere vrouw. De handdruk was koel en stevig. 'Angelica', zei ze. 'Zeg maar Angie.'

Het was een paar seconden stil. Helena nam haar op en knikte toen kort. 'Hallo. Wanneer begin je?'

'Nu.'

'We hebben lijnen, dus je moet...'

'Angie gaat vandaag cammen.' Charlies stem klonk beslist. Met de cams werd meer verdiend dan met de lijnen, had Sanne gelezen. Blijkbaar wilde hij uitvinden wat ze kon opleveren en daar had hij twee weken de tijd voor.

Helena richtte haar koele blik op Sanne. Die probeerde van haar gezicht af te lezen wat haar gedachten waren over de interruptie van Charlie. Hun verstandhouding leek haar er niet eentje waar de warmte vanaf spatte. Misschien was er wel helemaal geen verstandhouding. Charlie was de baas en Helena maakte de roosters. Ook al kwam Charlie ongeïnteresseerd over, ze had het idee dat hij de touwtjes desondanks strak in handen had. In elk geval waar het geld betrof. Ze besloot dat ze Helena te vriend moest houden. Als ze hier al langer werkte, was ze een belangrijke bron van informatie.

'Waar zit jij?' vroeg Charlie.'

'Kamer twee.' Aan haar accent was duidelijk te horen dat haar wortels niet in Nederland lagen. Sanne schatte haar eind twintig, niet een van de minderjarige meisjes die Rudi bedoelde.

'Begin van de gang.' Charlie gebaarde vaag met zijn hand. 'Brandt de lamp bij de deur, dan ga je zonder geluid de kamer binnen. Klanten willen exclusief met de camgirl zijn, dus geen achtergrondgeluiden of andere mensen in beeld.'

Sanne knikte. Ze ging achter de computer zitten en keek naar het scherm. Er stonden iconen en uitleg in tekst. Het wees zichzelf. Haar blik gleed over de webcam die naast de laptop stond en verder naar de openstaande bureaula. Heel even dacht ze aan haar moeder. Als die zou weten wat haar dochter op dit moment aan het doen was, zou ze een rolberoerte krijgen. Al had Sanne over de actie mogen praten, dan nog zou ze haar moeder niks hebben verteld. Die vond het sowieso maar matig dat haar dochter bij de politie zat. Sanne moest er wel om lachen. Haar moeder zag haar liever op een advocatenkantoor werken. Of bij een bank. Veel veiliger. Maar ondertussen wist Sanne zeker dat ze trots op haar was. Hoewel, ze wist niet of dat nog gold als haar moeder de inhoud van de bureaula zou bekijken. Ze keek naar de vibrators in diverse kleuren en formaten, de handboeien, blinddoeken en maskers. Er lagen zelfs condooms. Voor de vibrators, hoopte Sanne. Zij was in elk geval van plan ze daarvoor te gebruiken.

Charlie wees iets aan op het computerscherm en ze was meteen weer bij de les. 'Hier klik je om te beginnen. Er zijn drie mannen online die willen cammen, die kun je hier zien. Klik er een aan en van start.' Hij draaide zich om en blafte in de richting van Helena: 'Er zitten er drie te wachten. Schiet op.'

Sanne keek om en ving nog net een glimp op van het gezicht van de blonde vrouw voor die verdween. Haar gezicht sprak boekdelen. Zij en

Charlie waren niet de grootste vrienden. Dat betekende zeker niet dat Helena haar, de nieuwe, zomaar van alles zou vertellen. Het was belangrijk om zo snel mogelijk haar vertrouwen te winnen. Ze kon een belangrijke informatiebron zijn.

Zonder nog iets te zeggen verdween Charlie uit de kamer. Hij gooide de deur achter zich dicht. Sanne haalde even diep adem. Ze wist niet of Charlie mee kon kijken. Waarschijnlijk wel. Ze trok haar jas uit en liet die op de grond glijden. Even aarzelde ze, daarna trok ze ook haar topje over haar hoofd. Niemand zat te wachten op een camgirl met te veel kleren aan. Ze trok haar zwartleren beha recht, streek even met haar vinger over de studs langs de rand en knikte daarna ferm. Showtime.

Ze startte de camera en klikte op een van de drie wachtenden. Het was er eentje zonder webcam. Ergens voelde ze lichte opluchting. Voor de eerste keer was het niet onprettig dat ze degene aan het andere eind van de camera niet hoefde te zien.

'Hé', zei ze een beetje fluisterend. Ze keek vluchtig naar de naam die ze in haar scherm kreeg en probeerde niet te lachen. 'Hé, *bedmaster*.'

Eerst kwam er geen antwoord. Ze hoorde ruis en gehijg. Sanne keek met half geloken ogen naar de camera, zoals Lara haar had geleerd. Ze leunde een beetje voorover, haar borsten duidelijk in beeld. Ze vielen zowat uit de kleine beha.

De stem klonk schor. 'Dichterbij.'

Sanne trok de camera naar zich toe. Onder in het scherm kon ze haar eigen camerabeeld zien. Ze keek ernaar vanuit haar ooghoek. Ze bewoog de camera van links naar rechts, zodat het beeld van haar borsten aan de man voorbij trok. Ze hoorde hem harder hijgen. Daarna schoof ze de camera weer van zich af, zodat ook haar gezicht in beeld kwam. 'Zo *bedmaster*', zei ze zelfverzekerd, 'waarmee kan ik jou vandaag verleiden?'

3

'EN DE ANDERE VROUWEN?' RUDI KLONK ALERT, zelfs een beetje gespannen.

'Ik heb er gisteren maar één gezien', antwoordde Sanne. 'Blond, eind twintig, niet-Nederlands accent. Helena.'

'Oost-Europa?'

'Dat is goed mogelijk. Ik heb nog geen kans gehad het haar te vragen, maar dat komt nog wel.'

'Nog anderen gezien?'

'Nee.' Sanne schudde haar hoofd. 'Maar ik begon buiten de normale werktijden en na acht uur kwam Helena me vertellen dat ik weg kon gaan. De anderen waren toen aan het werk, dus die heb ik niet gezien. Ik moet de komende dagen telkens om vier uur 's middags beginnen en ik zorg ervoor dat ik er vroeg ben. Dan hoop ik hen tegen te komen.' Ze wierp een blik op de klok. Nog anderhalf uur voordat haar dienst inging en ze liep in een joggingbroek en een T-shirt. De transformatie naar Angie G. moest nog beginnen.

'Probeer een kopie van dat contract te bemachtigen', zei Rudi. 'Ik wil graag zien wat daar in staat.'

'Kan ik erom vragen?'

Rudi aarzelde even. 'Nu nog niet. Misschien volgende week. We moeten daar een verhaal voor hebben.'

'Dat een of andere instantie het wil zien? De woningbouw, zodat ik mijn huis niet wordt uitgezet?'

'Doe dat maar niet. Charlie is geen fan van instanties.'

'Ik verzin wel iets. Misschien geeft hij het me een dezer dagen uit zichzelf.'

'Daar zou ik niet te veel op rekenen. Charlie is gisteren niet vergeten je het contract te geven. Ik denk dat hij het zijn werkneemsters laat tekenen, zodat ze het gevoel hebben dat ze bij een bonafide bedrijf werken. Maar dat is natuurlijk helemaal niet zo en daarom ziet Charlie liever niet dat ze het contract daadwerkelijk mee kunnen nemen.'

'Ik bedenk wel een manier om het te pakken te krijgen.'

'Daar twijfel ik niet aan. Doe wel voorzichtig, Sanne. Charlie van der Zee is geen fijne jongen. En geen kleintje in de onderwereld. Als hij ook maar ruikt dat jij van ons bent, ben je daar niet veilig.'

'Ik doe voorzichtig', beloofde Sanne. 'Hij komt er niet achter. Ik hoop snel meer informatie voor je te hebben.'

'Succes.'

Sanne hing op. Ze moest een plan bepalen voor vandaag. Helena had haar gisteren laten zien waar ze het rooster kon vinden en zo wist ze dat vandaag drie andere meiden hun opwachting zouden maken: Brianna, Natalia en Chantelle. Aan hun namen te oordelen kwamen ze alle drie uit Oost-Europa, wat niet zo verwonderlijk was gezien de informatie die ze van Rudi had gekregen. Bijna al haar collega's kwamen daar vandaan. Verder had ze op het rooster gezien dat er achtentwintig meiden voor Charlie werkten, althans, op deze locatie. Het rooster werd per week geprint, dus ze kon niet zien hoeveel van hen er ook vorige week of de weken ervoor op hadden gestaan. Haar eerste missie was uitvinden hoelang iedereen er werkte en wie haar van meer informatie kon voorzien. Volgens Rudi was de doorstroming groot en was het uitzonderlijk dat Helena al langere tijd voor Rudi werkte. Hoelang, dat wist Sanne nog niet. Helena had het niet gezegd en ze had er niet naar willen vragen waar Charlie naast zat. Hij moest niet gaan denken dat ze nieuwsgierig was, dan zou ze haar proeftijd nooit doorkomen.

Ze liep naar de badkamer en ging aan de slag met make-up. In een halfuur tijd toverde ze zichzelf om in Angelica, inclusief smokey eyes en haar dat ze met de stijltang tot een glad geheel maakte. Haar natuurlijke slag was niet meer te zien. Daarna liep ze naar de kledingkast, pakte een rokje en trok net als gisteren een leren beha aan. Alleen had dit exemplaar geen studs, maar stalen punten. Ze vond het nog het meest lijken op een halsband van een vechthond, maar ze wist dat de garderobe die hier hing niet lukraak was samengesteld. Die was tot stand gekomen met hulp van mensen als Lara, die bekend waren met de business. Zo zorgvuldig was de operatie voorbereid.

Ze trok een eveneens leren top aan, die niet verder reikte dan haar middenrif, en keek in de spiegel. Het was maar goed dat ze al jaren in de sportschool kwam, anders had ze er in deze outfit belachelijk uitgezien. Ze wierp een blik op haar telefoon. Drie kwartier voordat ze moest beginnen. Ze wilde vroeg zijn, maar niet zo vroeg dat het argwaan wekte. Ze liep naar de keuken en maakte koffie. Die dronk ze staand bij het aanrecht op. Ze staarde uit het raam. Haar flat was driehoog en beneden op straat zag ze mensen voorbij lopen. Ze dacht aan haar eigen appartement in het centrum van Utrecht. Heel wat gezelliger dan de kale Ikea-inrichting waar ze nu tegenaan keek. Automatisch gleden haar gedachten naar Derek. Ze zag hem zitten op haar bank, liggen in haar bed. Hij zou zich wel afvragen waarom ze niet belde. Ze glimlachte. Ze was hem niks verplicht. Ze hadden geen relatie, hooguit een seksuele. Zoals ze dat het liefste had, sinds ze twee jaar geleden Mick aan de kant had gezet. Voor de buitenwereld hadden ze een gelukkig paar geleken, maar zij voelde zich opgesloten in de relatie. Aan Mick lag het niet. Hij was betrokken en zorgzaam en omdat hij ook agent was, begrepen ze elkaar op werkgebied precies. Maar toen hij over samenwonen was begonnen en had gehint dat hij er zelfs klaar voor was een gezin te stichten, had Sanne het benauwd gekregen. Het geregelde leven dat voor het grijpen lag en waar veel mensen naar verlangden, had haar paniekaanvallen bezorgd. Ze wilde niet settelen, ze wilde zich niet binden. En dus had ze een punt achter de relatie gezet. Mick had verbijsterd gereageerd, net als haar omgeving. Maar zij had zich kilo's lichter gevoeld. Sindsdien genoot ze van haar vrijheid. Ze had geen behoefte aan een nieuwe relatie. Aandacht kreeg ze genoeg, net als seks, en dat was voor haar voldoende.

Ze hoorde geschreeuw op straat en keek weer naar beneden. Twee mannen hadden het met elkaar aan de stok, een derde probeerde de boel te sussen. Dit was niet de beste buurt van de stad. Ze dacht aan haar begintijd als surveillant op straat in Utrecht. Ook daar waren mindere buurten, waar ze af en aan reden. Autodiefstallen, heling, dealen, vechtpartijen, het was allemaal aan de orde van de dag geweest. Soms ging het om jochies van net vijftien jaar. Ook waren ze met grote regelmaat opgeroepen vanwege huiselijk geweld. Het gebeurde in gezinnen van buitenlandse afkomst, maar minstens zo vaak bij Nederlandse families. Mannen die, al dan niet ladderzat, hun vrouw of kinderen in elkaar sloegen. Sanne zou nooit de angst vergeten die ze keer op keer op de gezichten van de vrouwen had gelezen. Angst en iets wat nog het meest leek op nederigheid. Natuurlijk wilden ze niet in elkaar worden geslagen, maar ze hadden een overlevingsmechanisme gevonden in hun mond houden en het over zich heen laten komen. En zelfs hun excuses maken voor wat ze in de ogen van hun echtgenoot fout hadden gedaan. Ze erkenden zijn macht en schikten zich ernaar omdat ze simpelweg niet anders konden. Sanne zou het nooit echt kunnen begrijpen, maar ze wist inmiddels hoe het werkte. Angst maakte radeloos. Angst boog alles.

Ze dacht aan Charlie en zijn bedrijf. De meiden die voor hem werkten. Werden zij door angst gedreven? Angst voor Charlie? Als hij inderdaad hun paspoorten had, had hij letterlijk hun identiteit in handen. En de volledige macht over hen. Dan konden ze bijna niet anders dan hem gehoorzamen en voor de camera plaatsnemen. Of zouden ze het zelf willen? Ze vond het moeilijk die vraag te beantwoorden. En wat deed Charlie nog meer met hen? Ook dat viel onder het personeelsmanagement en ook al had Rudi gezegd dat ze zich vooral op de geldstromen moest richten, ze wilde ook daarachter komen. Als haar undercoveractie kon bijdragen aan een beter leven voor deze meisjes, zou dat geweldig zijn. Ze glimlachte even toen ze dacht aan zichzelf, vijftien jaar geleden. Bleu van de havo en klaar voor de politieacademie. Een betere wereld, daar zou ze voor strijden. Die grote idealen was ze met een gezonde dosis realiteitszin wel kwijtgeraakt. Maar in het klein wilde ze doen wat ze kon.

Ze spoelde de laatste, lauwe koffie door de gootsteen en trok haar jas aan. Daarna pakte ze haar tas en haar sleutels en verliet de flat. In het trappenhuis kwam ze een ouder echtpaar tegen. Ze knikte vluchtig en liep hen snel voorbij. Het tweetal sloeg nauwelijks acht op haar. Blijkbaar was het verloop in de kleine flat groot en leefde iedereen er anoniem.

Ze liep de straat op en stapte flink door. Het was beduidend frisser dan gisteren en ze rilde onder haar dunne jas. Voor de voordeur van Charlie's Angels hield ze stil. Charlie had haar een sleutel beloofd, maar die had ze nog niet gekregen. Ze belde aan, in de hoop dat er iemand open zou doen.

Even leek dat niet het geval te zijn. Ze wachtte een volle minuut en belde toen opnieuw aan. Uiteindelijk klonk er een klikje. Ze duwde tegen de deur en stapte naar binnen.

In de hal verscheen een jonge vrouw. Sanne nam haar op. Blond, blauwe ogen, hooguit twintig jaar. Dit moest een van haar collega's zijn. Ze stak haar hand uit. 'Ik ben Angie.'

'Ah.' De vrouw knikte en schudde haar hand. 'Brianna.'

Sanne liep achter haar collega aan de keuken binnen. Aan tafel zag ze nog twee vrouwen. Ze stelde zich voor, ook al wist ze hun namen al. Victoria was een lange, magere blondine met een intens bleke huid en een meisjesachtig voorkomen. Een jaar of achttien schatte Sanne haar, misschien wel jonger. Chantelle was van dezelfde leeftijd, even dun en lang, maar met bruin haar. Beiden keken haar met enige argwaan aan. Sanne deed alsof ze dat niet merkte en draaide zich om naar het aanrecht, waar een Senseo-apparaat stond. 'Willen jullie ook koffie?' vroeg ze, terwijl ze had gezien dat hun bekers nog vol waren.

Ze kreeg geen antwoord en draaide zich om. Chantelle en Victoria keken haar aan zonder een echte uitdrukking, Brianna schudde haar hoofd. 'Nee, ik heb nog', zei ze met een duidelijk accent. Daarna gebaarde ze kort naar haar collega's. 'Zij verstaan je niet. Ze spreken alleen Russisch.'

'Oh.' Sanne drukte op de knop van het apparaat. 'Kom jij ook uit Rusland?'

Brianna knikte. 'Maar ik ben hier wat langer. Daarom praat ik Nederlands.'

Nu ze langere zinnen maakte, viel het Sanne op dat Brianna's Nederlands zeer gebrekkig was. Ze had wel wat van de taal geleerd, maar kende waarschijnlijk alleen de woorden en zinnen die ze nodig had voor het werk echt goed. Ook Chantelle en Victoria konden waarschijnlijk in het Nederlands vertellen dat hun klant groot geschapen was, maar een brood bestellen lukte niet. Ze keek onopvallend naar het tweetal dat in rap Russisch met elkaar sprak. Brianna deed mee.

Sanne pakte haar koffie en ging aan tafel zitten. De meiden hielden op met praten. Even was het stil, toen zei Chantelle iets tegen Victoria, waarop alle drie de vrouwen naar haar blikten. Sanne keek hen vragend aan, maar Victoria en

Chantelle ontweken haar blik. Alleen Brianna sloeg de hare niet neer.

'Wat zeggen ze?'

'Dat jij zeker de nieuwe bent', vertaalde Brianna.

'Welke nieuwe?'

'Oh, niks.' Nu staarde Brianna wel naar haar handen.

Sanne fronste. 'Wat bedoel je?'

Brianna schudde haar hoofd. 'Laat maar.' Ze stond op en spoelde haar laatste restje koffie door de gootsteen. 'Ik ga naar boven.'

Sanne keek haar na toen ze de ruimte verliet. Ze hoorde de andere twee smoezen in het Russisch. Even kneep ze haar ogen samen. Ze had de angst in Brianna's blik duidelijk gelezen.

4

'AH', KREUNDE SANNE, TERWIJL ZE DE VIBRATOR een standje harder zette. Ze lag op haar rug op het bed en keek naar de camera op het plekje boven haar. Met langzame bewegingen liet ze de vibrator over haar schaamlippen gaan. 'Ja', zuchtte ze zacht.

Via de speakers van de laptop hoorde ze de klant die zichzelf mistermister23 noemde. 'Harder', prevelde hij, tussen zijn steeds dieper wordende zuchten door.

Sanne dacht niet aan hem, terwijl ze de trillende staaf heen en weer bewoog. Ze had gemerkt dat ze het werk voor zichzelf wel zo aangenaam maakte als ze haar best deed ervan te genieten. En niet alleen werd het aangenamer, ze werd er ook beter in. Na zeven dagen had ze al een aantal vaste klanten die bijna dagelijks terugkwamen. Hun had ze al de nodige keren met succes een special aangeboden. Als zij handboeien omdeed en een zweepje pakte, was dat al een special waarvoor klanten extra moesten betalen. Die special was behoorlijk populair had ze gemerkt. Ze wist zeker dat haar resultaten ook Charlie opgevallen moesten zijn. Een dezer dagen hoopte ze hem te zien. Sinds haar sollicitatie was ze hem niet meer tegengekomen. Ze wist niet of hij überhaupt in het pand was geweest. Als ze aan het werk was, zat ze in haar eentje in een kamertje. Liever wilde ze af en toe een rondje lopen, rondkijken, praten met de anderen. Maar dat was not done en ze voelde er weinig voor om negatieve aandacht op zich te vestigen. Maar aan de andere kant, op deze manier schoot het niet echt op. Ze wist dat undercoveroperaties een kwestie van de lange adem waren, maar ze wilde met iets komen. Iets om te laten zien dat ze het vertrouwen van Rudi waard was.

Ze dwong zichzelf zich te concentreren. Ze was aan het werk, ze was Angie G. en mistermister23 naderde zo te horen zijn hoogtepunt. Ze sloot haar ogen alsof ze in extase verkeerde en liet de vibrator naar binnen glijden. Ze zette hem nog een standje hoger en liet hem binnen in haar en tegen haar meest intieme plekje trillen. Op haar netvlies verscheen Derek. meteen voelde ze een rush in haar onderlichaam. Ze dacht aan twee weken geleden, de laatste keer dat ze hem had gezien. Bij hem thuis, in zijn kleine appartementje in de binnenstad. Het enige grote in het huis was zijn kingsize bed. Het was ook de enige plek waar ze meer dan vijf minuten had doorgebracht. Ze voelde weer zijn handen over haar lijf gaan, zijn tong die eerst de hare beroerde en daarna ineens tussen haar benen was. Ze voelde het bloed kloppen in haar onderlijf en kreunde zacht. Ze duwde de vibrator harder en harder en terwijl Derek niet van haar netvlies verdween, had ze het gevoel dat ze ontplofte. Ze schreeuwde het uit van genot en hoorde nog net hoe de man aan de andere kant van de camera hetzelfde deed.

Ze bleef op haar rug liggen en staarde naar het plafond. In haar hand had ze nog steeds de vibrator. Ze zette hem uit en richtte zich iets op. Vanonder haar wimpers keek ze naar de camera. 'Dat was goed', zei ze, en ze meende het ook nog. Aan de andere kant hoorde ze alleen maar gehijg.

Tien minuten later sloot ze haar computer af. Ze werkte deze week 's nachts en het was nu acht uur 's ochtends. Haar dienst zat erop. Het viel haar op dat de werktijden bijzonder strikt waren. Van uitbuiting qua uren leek geen sprake te zijn, niemand werkte meer dan acht uur per dag.

Ze trok haar jas aan en liep de trap af. Brianna en Victoria waren in de keuken, samen met een meisje dat ze nog niet kende.

'Eugenia', stelde de jonge vrouw zich voor toen Sanne haar een hand gaf. Meteen trok ze haar hand ook weer terug en deed een paar stappen achteruit. Sanne keek naar haar. Ze was niet vijandig, ze leek eerder schuw te zijn. Misschien wel bang. Sanne had gemerkt dat veel meisjes angst kenden. Ze zag het aan hun lichaamshouding, las het in hun ogen. Bij degenen die Nederlands spraken had ze geprobeerd uit te vinden waar ze bang voor waren, maar de meiden lieten niks merken. Blijkbaar hadden ze geleerd hun gevoelens voor zichzelf te houden. Gevoelens maakten kwetsbaar en kwetsbaar, dat konden deze meiden niet zijn.

Sanne pakte een kop koffie aan van Brianna. 'Gaan jullie niet naar huis?' vroeg ze een beetje verbaasd. Normaal gesproken was iedereen na de dienst zo weg.

Brianna keek haar aan alsof ze gek was. 'Natuurlijk niet. We krijgen geld.'

'Hoe bedoel je?'

'Charlie.' Ze knikte in de richting van de deur. 'Hij komt zo. Met geld.'

Sanne vroeg niet verder en zorgde dat haar verbazing niet van haar gezicht af te lezen was. Dus zo betaalde Charlie zijn werkneemsters. In haar hoofd begonnen radertjes te draaien. Met de cams werd geen cash geld verdiend. Klanten betaalden via hun creditcard, het geld kwam op de rekening van Charlie's Angels terecht. Bij een normaal bedrijf werden de salarissen vervolgens vanaf die rekening op de rekeningen van de werknemers gestort. Als dat niet gebeurde en de salarissen werden cash uitbetaald, bleef er veel te veel geld op de rekening van het bedrijf achter en dat was verdacht. Ze wist dat Charlie's Angels weliswaar onderdeel uitmaakte van het politieonderzoek, maar dat tot nu toe niks was gevonden dat eventuele criminele activiteiten kon staven. Er moest dus geld van de rekening verdwijnen naar andere rekeningen, en wel in kleine gedeeltes die zo'n beetje de salarissen van de medewerksters representeerden. Maar waar bleef dat geld? Sanne keek om zich heen. Ze betwijfelde of het gros van de meiden hier überhaupt wel een bankrekening had. Als Charlie hun paspoorten had en ze illegaal in Nederland verbleven, was die kans niet groot.

Maar aan al die vermoedens had ze niks. Ze moest het aantonen. Ze stootte Brianna zachtjes aan. 'Gaat dat altijd zo?' vroeg ze. Ze probeerde het wat onnozel te laten klinken.

'Wat bedoel je?'

'Het geld. Dat Charlie hierheen komt en het aan iedereen geeft.'

Brianna knikte. 'Zolang ik hier werk wel.'

'Hoelang is dat?'

'Vier maanden.' Ze keek haar collega vragend aan. 'Hoezo?'

'Nee, niks.' Sanne wendde haar blik af. 'Gewoon. Ik vroeg het me af.'

Brianna sloeg verder geen acht op haar en zei iets tegen Natalia, die naast haar stond. Het was in het Russisch en ze moesten er beiden om grinniken. Sanne werd afgeleid doordat de deur open ging. De meiden vielen stil toen Charlie zijn entree maakte. Er veranderde meteen iets in de sfeer. Er werd niet meer gelachen, iedereen keek strak. Sanne kon de angst en de spanning bijna fysiek voelen. Ook zij keek naar Charlie. Hij liep naar de keukentafel en ging zitten. Uit zijn binnenzak haalde hij enveloppen. Sanne zag geen namen staan, maar toch noemde hij die en begon de enveloppen gericht uit te delen. Toen ze dertien was had ze één zomervakantie lang bollen gepeld. Aan het einde van elke dag had ze haar geld in een kantoortje kunnen ophalen. Daar deed dit haar nog het meest aan denken.

Ze hoorde haar naam en stapte naar voren. Charlie keek haar niet aan toen hij haar de envelop gaf. Een gewoon wit exemplaar, met in de hoek klein haar naam gekrabbeld. Ze vroeg zich af of Charlie dat zelf had gedaan. Waarschijnlijk niet. Hij had vast wel iemand die het geld voor hem verdeelde. Ze vroeg zich af wie en of diegene tot praten te bewegen zou zijn. Vast niet vrijwillig.

Ze pakte de envelop aan en bleef staan. Onopvallend keek ze naar de andere enveloppen in zijn hand, maar het was niet te zien hoeveel erin zat. Ze woog haar eigen envelop, maar maakte die niet open. Geen van de meiden deed dat. Iedereen stopte het geld snel weg, alsof Charlie of een van de anderen het anders zou afpakken.

Toen Charlie de enveloppen had uitgedeeld, verliet hij de kamer weer. In de deuropening zag Sanne hem een paar woorden met Helena wisselen, de rest van de meiden keurde hij nauwelijks een blik waardig. Andersom leken ze opgelucht te zijn dat hij wegging. Er was spanning, maar Sanne kon er de vinger nog niet op leggen wat er precies aan de hand was. Waarom vreesden de meiden voor Charlie? Tot nu toe had ze zelf weinig met hem te maken gehad en leek zijn rol vooral op de achtergrond te zijn. Maar schijn bedroog en ze moest uitzoeken waar de anderen bang voor waren. Dat hij hen eruit zou gooien als ze niet genoeg voor hem verdienden? En dat ze dan achter het raam moesten gaan werken, zoals Rudi had gezegd? Het was een logische verklaring, maar aan de andere kant: ze werkte hier nu een week en ze had nog helemaal niks gehoord over haar eigen prestaties. Ook niet nu Charlie haar net haar salaris in handen had gedrukt. Als hij zo gefixeerd was op resultaat, dan zou hij daar toch wel iets over hebben gezegd?

Ze stopte haar envelop in haar tas en trok een beetje een onzeker gezicht. Daarna stapte ze op Ewa af, een Poolse vrouw die een beetje Nederlands sprak. 'Gaat dit altijd zo?' stelde ze de vraag die ze net aan Brianna had gesteld.

Ewa knikte. 'Vanmiddag komt hij nog een keer voor de meiden die dan werken. En misschien ook morgen.'

'Ja, maar ik bedoel dat hij niks zegt.'

Ewa keek vragend. 'Wat moet hij zeggen?'

'Nou, gewoon...' Sanne keek naar de grond. 'Ik werk hier nog maar net. Ik weet helemaal niet of ik het wel goed doe.'

'Je werkt hier nog.' Ewa haalde haar schouders op. 'Blijkbaar doe je het goed.'

'Maar ik weet niet of ik wel genoeg verdien voor Charlie.'

Ewa werd een beetje ongeduldig. 'Als dat niet zo was, had hij je er wel uit getrapt. Dat gebeurt bij iedereen die te weinig verdient.' Ze pakte haar tas. 'Ik moet gaan. Mijn dienst begint zo.'

Sanne keek niet-begrijpend. 'Je bent net klaar.'

Ewa gaf geen antwoord. Ze liep de kamer uit, Sanne keek haar na. Waar had ze het over? Had Ewa nog een baan?

Ze zag Natalia op haar horloge kijken en haar tas pakken. Het meisje zwaaide naar haar collega's en verliet ook snel de ruimte. Zou zij ook nog ergens anders gaan werken nu? Sanne keek de ruimte rond. Er waren nog een paar meisjes, maar hun kon ze niks vragen omdat ze nauwelijks Nederlands spraken. Bovendien begon hun dienst nu en maakten ze zich klaar om naar boven te gaan. Alleen Brianna en Helena bleven over. Die laatste wilde Sanne niks vragen. Ze was er nog steeds niet achter hoe Helena's band met Charlie precies was. Het enige wat ze wist was dat Charlie vandaag alleen met haar had gepraat, en met geen van de anderen.

Ze zag dat Brianna aanstalten maakte om haar spullen te pakken.

Sanne zette haar tas op tafel en deed alsof ze iets zocht. Langs haar neus weg vroeg ze: 'Begint jouw dienst ook zo?'

'Nee.' Brianna schudde haar hoofd. 'Ik heb vannacht gewerkt.'

'O, ik dacht...' Sanne gebaarde vaag met haar hand richting de deur. 'Ewa zei dat ze nog een dienst had, dus ik dacht: misschien geldt dat ook voor jou.'

Brianna keek haar aan, met een mengeling van verbazing en achterdocht. 'Nee. Jij?'

'Ik niet. Ik werk alleen maar hier. Maar het lijkt me goed om een tweede baan erbij te nemen. Het is moeilijk om het hoofd boven water te houden.' Ze ging iets zachter praten. 'Weet jij waar Ewa werkt? Ik dacht: misschien kan ik...'

'Waar heb je het over? Alsof je daar zelf voor kiest.' Ze schudde haar hoofd. 'Jij werkt hier nog maar net, jou zal Charlie niet naar Girls at Home sturen. Nog niet. Misschien later.'

Sanne keek geschrokken. 'Hoe bedoel je?'

'Dat doet hij pas als je hier langer werkt. Na een maand of zo. Of nog langer. Als je bevalt.' Ze keek Sanne aan. 'Je hoeft niet zo bang te kijken. Het is gewoon een soort escortwerk.'

'Escort?'

'Ja. Je gaat me toch niet vertellen dat je dat nooit hebt gedaan?'

'Jawel, maar...'

'Wat is dan het probleem? Doe gewoon wat Charlie zegt en zorg dat je niet opvalt. Als hij je leuk vindt, dan heb je pas een probleem.'

Sanne kneep haar ogen samen. 'Wat bedoel je?'

'Kijk maar uit dat je niet de nieuwe Nina wordt.'

'Nina? Wie is Nina?'

Brianna schrok, alsof ze haar mond voorbij had gepraat. 'Ik moet gaan', zei ze snel. Ze greep haar tas. 'Tot morgen.'

Daarna was ze verdwenen. Sanne bleef alleen achter met Helena, die haar van een afstandje aanstaarde. Zonder iets te zeggen pakte Sanne haar spullen en verliet het pand.

'Girls at Home, Girls at Home.' Sanne mompelde zachtjes in zichzelf, terwijl ze ongeduldig toekeek hoe Google de gevraagde informatie opzocht. Ze had 'Girls at Home escort' ingetypt, maar dat leverde niet veel op. Websites van escortservices in Nederland en daarbuiten, maar allemaal met een andere naam. Blijkbaar had het bedrijf geen eigen site. Ze krabbelde iets op haar notitieblok. Waarom zou een escortservice geen website hebben? Internet was toch de uitgelezen plek waar klanten een escort zochten? Tenzij het bedrijf liever niet al te zichtbaar wilde zijn. Was het wel een escortservice of was het niet meer dan een rookgordijn waarachter crimineel geld werd witgewassen? Maar als dat zo was, hoefden de meiden er niet daadwerkelijk te werken.

Misschien kwam Charlie op een andere manier aan zijn klanten. Waren het allemaal mannen binnen een bepaald circuit. Het zijne. Verhuurde hij de meisjes wel als escort, of was het niet meer dan een hoerendienst voor zijn vrienden? Sanne slikte en huiverde bij het idee dat Charlie haar ook zou inzetten, maar aan de andere kant wilde ze niks liever dan een kijkje nemen bij dit schimmige bedrijf. Ze had sterk het gevoel dat hier antwoorden te vinden waren op vragen die door haar hoofd spookten.

Ze keek peinzend naar het geld dat op tafel lag. Tweehonderd euro. Ze had veertig uur gewerkt, wat neerkwam op vijf euro per uur. Alleen rekende Charlie niet per uur, maar kreeg ze een percentage van wat ze had binnengehaald. Ze had elke dag wel een extra dienst aangesmeerd aan een klant, maar blijkbaar leverde dat niet al te veel op. Ze had ook geen idee welk percentage ze verdiende. Er zat geen overzicht bij het geld, geen bewijs van wat ze had gedaan en hoe dit bedrag was opgebouwd. Niet dat ze zoiets had verwacht. Ze vroeg zich zelfs af of Charlie het wel bijhield. Misschien goochelde hij maar wat met geld. Hoe langer ze erover nadacht, hoe waarschijnlijker die optie haar leek. Ze moest een manier verzinnen de anderen meiden te vragen wat ze verdienden. Op de man af de vraag stellen zou haar niks opleveren. Ze had de blikken in hun ogen gezien, de snelheid waarmee ze hun enveloppen wegstopten. Als het op geld aankwam, waren ze duidelijk wantrouwend naar hun collega's. Ze broedde op een manier om dat wantrouwen weg te nemen, maar vooralsnog wist ze niet hoe.

Ze stond op en liep naar de badkamer. Ze had zich nog niet eens omgekleed, ze was meteen achter haar computer gedoken. Ze trok haar kleren uit en zette de douche aan. Ook al had ze geen fysiek contact met anderen, na het werk voelde ze zich altijd vies. Alsof de mannen die alleen maar naar haar keken, haar daadwerkelijk hadden aangeraakt. Bovendien was het werk fysiek zwaarder dan het leek. Vannacht was er een man geweest die wilde dat ze op handen en knieën de kamer door ging, waarbij ze moest doen alsof hij met een zweep naast haar stond. Elke keer als ze het geluid van zijn zweep hoorde, had ze moeten kreunen. Dat had ze braaf gedaan. De SM-meter liep en dat betekende drie keer het normale tarief. Ze was verbaasd hoeveel mannen iets met SM wilden. Eigenlijk had ze verwacht dat dat niet de meest populaire special was, SM leek haar meer iets voor escorts of prostituees. Maar blijkbaar was ook de fantasie van een SM-avontuur al genoeg om sommige mannen gek te maken van opwinding. Meestal was zij degene die de zweep bediende, vannacht was het andersom geweest. Ze grinnikte in zichzelf. Het was jammer dat ze niet met haar vriendinnen over haar werk kon praten. Al was ze pas een week bezig, ze had nu al genoeg verhalen om een kroegavond mee door te komen.

Terwijl ze wachtte tot de douche langzaam warm werd, haalde ze de make-up van haar gezicht. Daarna stapte ze onder het warme water en liet het dankbaar over haar lichaam stromen. Ze dacht aan wat ze van Brianna had gehoord. Ze moest meer te weten komen over die escortservice. Rudi had ze al gebeld, maar hij nam zijn telefoon niet op. Misschien was de naam bekend bij de recherche. Als die gelinkt was aan Charlie, liep er waarschijnlijk zelfs al een onderzoek. Zo niet, dan was dit een nieuw aanknopingspunt.

Ze dacht aan wat Brianna nog meer had gezegd. 'Kijk maar uit dat je niet de nieuwe Nina wordt.' De woorden waren haar duidelijk ontschoten, meteen daarna had ze de benen genomen. Sanne vroeg zich af of Helena had gehoord wat haar collega had gezegd. Ze dacht van niet. Brianna had een zachte stem en ze had bijna gefluisterd. Maar de blik op het gezicht van de vrouw had wel achterdocht uitgestraald.

Nina... Ze liet die naam door haar gedachten gaan, maar er ging geen belletje rinkelen. Ze had al heel wat namen gehoord, allemaal van de meiden die er werkten. Er was geen Nina bij. Ze werkte dus niet langer bij Charlie's Angels, maar ze werkte nog wel voor Charlie. Misschien via Girls at Home. Ze ging na wat ze wist over Nina. Charlie vond haar heel leuk. En Sanne moest volgens Brianna oppassen dat ze niet de "nieuwe Nina" werd. Dus blijkbaar dus ging Brianna ervan uit dat het gevaarlijk werd als Charlie zijn oog op je liet vallen. Sanne wilde dat ze de kans had gehad om Brianna te vragen wat ze bedoelde. Misschien zou dat morgen of later deze week lukken. Aan de andere kant moest ze ook voorkomen dat ze als nieuwsgierig te boek kwam te staan. Ze kon beter een van de andere meiden naar Nina vragen. Er waren er vast wel meer die haar kenden en die wisten wat Brianna met haar opmerking bedoelde.

Ze waste de shampoo uit haar haar en zeepte zich in. Daarna spoelde ze zich af, zette de douche uit en wikkelde een handdoek om zich heen. De badstof was oud en schuurde een beetje. Met enige weemoed dacht ze aan haar eigen zachte handdoeken. Het was geen budgetkwestie dat het appartement niet met nieuwe spullen was ingericht. Bij haar identiteit en levensverhaal hoorden geen nieuwe handdoeken. Angie was immers dringend op zoek naar werk omdat ze haar hoofd nauwelijks boven water kon houden. Ze zou zeker niet recent in nieuwe handdoeken hebben geïnvesteerd. Het was niet erg waarschijnlijk dat Charlie of een van haar collega's bij haar thuis kwam, maar mocht het wel een keer gebeuren, dan mocht de operatie niet sneuvelen door zoiets banaals als een nieuwe handdoek of een mooie plasmatelevisie.

Sanne wikkelde de handdoek om haar haar en liep naar de slaapkamer. Ze schoot in een joggingbroek en een sweatshirt. Ze was moe en wilde eigenlijk slapen, maar wat ze vandaag had gehoord liet haar nog niet los. Opnieuw opende ze haar laptop. Ze googelde op "girls at home" in combinatie met "Nina", maar dat leverde natuurlijk niks op.

Het geluid van haar telefoon doorbrak de stilte. Ze keek op het schermpje. 'Rudi?'

'Je had gebeld. Ik was in een meeting.'

'Het was *pay-day*. Ik verdien blijkbaar vijf euro per uur.'

'Dat is niet veel.'

Sanne schudde haar hoofd. 'Nee, maar het is ook niet zo weinig dat je meteen uitbuiting hard kunt maken. Charlie rekent trouwens niet per uur, het salaris is gebaseerd op prestaties. En het wordt cash uitbetaald. Er zit niks anders bij. Geen overzicht, geen loonstrook, alleen het geld. Ik heb zomaar het idee dat er geen enkele belasting over wordt betaald en iets zegt me dat Charlie zijn werkgeverspremies ook niet netjes afdraagt.'

'Hm.' Rudi zweeg even. Sanne wist wat hij dacht. Charlie overtrad duidelijk de nodige wetten en regels, maar de grote klapper konden ze hiermee niet maken. Dat zou pas lukken als ze zijn activiteiten konden linken aan drugshandel, uitbuiting en mensenhandel.

'Ik heb nog iets anders', zei ze.

'Wat?'

'Girls at Home.' Ze tikte met haar pen tegen haar schrijfblok. 'Ik kan er niks over vinden op internet, maar het is een escortbedrijf of iets wat daarop lijkt. Een aantal meiden moet na hun dienst bij Charlie's Angels daar ook nog werken. Dat is dus veel meer dan de acht uur per dag die ik werk.'

'Interessant', zei Rudi. Er klonk enige goedkeuring in zijn stem. 'Hij overtreedt dus ook de arbeidstijdenwet. Of mogen ze hier zelf voor kiezen?'

'Die indruk heb ik niet, maar daar moet ik nog achter komen. Het gekke is alleen dat Girls at Home niet te vinden is. Het bedrijf doet weinig moeite om reclame voor zichzelf te maken op internet, voor andere escortservices dé plek om hun klanten te werven.'

Rudi dacht na. 'Doet die service wel echt iets?'

'Dat was ook mijn gedachte, maar een aantal van de meiden moet er werken.'

'Wie zijn dan de klanten?'

'Dat weet ik nog niet. In elk geval kunnen we, als we aantonen dat de meiden zowel bij Charlie's Angels als bij Girls at Home volledige diensten moeten werken, er sprake is van uitbuiting. Zeker als ze er zelf niks over te zeggen hebben.'

'Hebben ze dat?'

'Ik heb de indruk van niet, maar ik weet het nog niet zeker. Ze laten weinig los. Ze zijn duidelijk bang voor Charlie.'

'Wij gaan op zoek naar Girls at Home', zei Rudi, met hernieuwde energie. 'Zodra ik concrete informatie voor je heb, hoor je het.'

Sanne knikte en hing op. Toen ze op het rode knopje van haar telefoon drukte, realiseerde ze zich dat ze niks over Nina had gezegd. Even overwoog ze om terug te bellen, maar eigenlijk wist ze niet zo goed wat ze moest vertellen. Blijkbaar was dit meisje iets overkomen wat niet fijn was en dat had met Girls at Home te maken. Ze legde haar telefoon weg. Eerst moest ze meer informatie loskrijgen.

5

SANNE LOGDE UIT, PAKTE HAAR SPULLEN UIT DE kast en liep snel naar beneden. In de keuken pakte ze een kop koffie en net toen ze er melk in schonk, ging de deur open. Natalia kwam binnen. Sanne keek op. Haar collega knikte even naar haar en lachte voorzichtig.

'Hai', zei Sanne. 'Koffie?'

Natalia knikte. Buiten het jargon dat ze voor het werk nodig had sprak Natalia een klein beetje Nederlands. Koffie hoorde blijkbaar tot die vocabulaire.

Sanne legde een nieuwe koffiepad in het apparaat en drukte op de knop. Vanuit haar ooghoeken keek ze naar Natalia, terwijl de Senseo het kopje vulde. Ze haalde haar hand door haar lange haar. Het was zo donkerbruin dat het bijna zwart leek. Datzelfde gold voor haar ogen. Sanne had moeite Natalia's leeftijd goed in te schatten. Zeker met de zware make-up die ze droeg, leek ze waarschijnlijk ouder dan ze was. Misschien was ze zeventien, hooguit achttien jaar.

'Hier.' Sanne stak haar collega de beker toe.

'Dank jou wel', zei Natalia met een zwaar accent. Ze ging aan tafel zitten.

Sanne grinnikte, Natalia lachte ook. Daarna keek ze Sanne onderzoekend aan. 'Jij uit Nederland?'

Sanne knikte. 'Ja, ik kom uit Nederland. Ik ben geloof ik de enige hier.'

'Aha. Ja.' Natalia knikte. Sanne zag dat ze geen snars begreep van wat ze had gezegd.

'Jij?' vroeg ze langzaam.

'Ah, nee. Uit Rusland.' Ze sprak elke "u" uit als een "oe" wat een komisch effect had, maar Sanne liet niet merken dat het grappig klonk.

'Ben je hier alleen gekomen?' vroeg ze.

Natalia knipperde een paar keer. Sanne dacht dat ze de vraag niet had begrepen, maar toen schudde ze haar hoofd. 'Nee. Wij waren drie.'

'Met z'n drieën, bedoel je?'

Natalia knikte. Ze staarde naar haar koffie en lachte niet meer. Sanne voelde haar hartslag versnellen. Ze ging tegenover haar collega zitten. 'Werken de anderen hier ook?'

Natalia hield haar blik op het kopje gericht. Sanne begon te denken dat ze haar niet had begrepen, maar toen schudde het meisje kort haar hoofd. 'Alleen Eugenia.'

Sanne kneep haar ogen samen. Er kwam een gedachte in haar op. Ze aarzelde even. Hiermee kon ze Natalia net zo makkelijk afschrikken, maar als ze geen vragen stelde, kwam ze nooit iets te weten. Ze besloot het risico te nemen. Terwijl ze in haar koffie roerde en niet naar Natalia keek, vroeg ze: 'Was Nina de derde?'

Ze merkte meteen dat er iets veranderde bij het meisje. Natalia keek met een ruk op. 'Wat jij weet over Nina?' vroeg ze.

Sanne keek terug. Ze probeerde te duiden wat ze op Natalia's gezicht zag. Een mengeling van angst en honger naar informatie. Ze schudde kort haar hoofd.

'Er wordt over haar gepraat', zei Sanne. 'Iedereen is bang.'

Natalia beet op haar lip. Ze knikte langzaam, maar gaf geen reactie. Sanne voelde elke spier in haar lijf zich spannen. Nu moest ze doorzetten. 'Natalia', zei ze. Ze liet haar stem zakken. 'Waar is Nina?'

Het meisje keek van haar weg. Toen ze begon te praten klonk haar stem verstikt. 'Ik weet niet', zei ze bijna fluisterend. 'Charlie heeft... Ik weet niet.'

Sanne kneep haar ogen samen. 'Werkte ze voor Girls at Home?'

Natalia knikte en knipperde stevig. Ze keek naar haar handen voor zich op tafel. Sanne zag die licht trillen. 'Al na week', zei ze zacht. 'Charlie wilde haar. Voor hem en voor anderen.'

'Wat wilde Charlie van haar?'

Nu keek Natalia wel op. Ze wierp Sanne een onderzoekende blik toe, alsof ze zich afvroeg of ze wel op deze planeet leefde. 'Seks', verduidelijkte ze. 'Girls at Home is seks. Voor Charlie. En voor vrienden.'

'Voor Charlies vrienden?'

'Ja. Mannen met...' Ze zocht naar het juiste woord, maar kon dat blijkbaar niet vinden. Geïrriteerd schudde ze haar hoofd. 'Drugs', zei ze toen. 'Geld is drugs.'

Sanne knipperde. 'Bedoel je dat de mannen betalen met drugs?'

'Ja.'

'En die mannen zijn vrienden van Charlie?'

'Ja.'

Sanne had het idee dat het hier niet om innige vriendschapsbanden ging, maar om drugsrelaties die Charlie graag te vriend wilde houden. En andersom. Het verklaarde ook waarom Girls at Home weinig moeite deed om klanten te werven. Zo'n soort escortbureau was het niet.

'Dus Charlie bepaalt wie van de meiden hier bij Girls at Home moet werken?'

Natalia knikte. 'Ja. Duurt vaak weken. Maar Nina meteen.'

'Deed ze dat ook?'

Natalia keek haar nu aan alsof ze ronduit gek was. 'Is niet kiezen. Als Charlie zegt, dan je moet.'

'Moet jij?'

Ze haalde kort haar schouders op. 'Soms. Eén keer met Charlie.' Ze trok een vies gezicht. 'En soms anderen.'

'Krijg je daarvoor betaald?'

Natalia keek vragend. 'Hoe jij bedoelt?'

'Geld? Krijg je geld?'

'O ja, ja. Geld. Extra.'

'Is het hier in de stad?'

Natalia keek onzeker. 'Ik weet niet. Rijden. Met de auto.'

Sanne wilde een heleboel vragen, maar veel tijd had ze niet. Er konden anderen binnenkomen en dan zou Natalia vrijwel zeker niks meer zeggen. Ze besloot verder te gaan over Nina. 'Wanneer is Nina verdwenen?'

'Twee week. Ineens. Niet bellen. Ook niet thuis. Wij samen een huis.'

'Heb je niks van haar gehoord?'

'Nee.'

'Waar denk jij dat ze is?'

Natalia schudde haar hoofd. 'Ik weet niet. Ik moet vinden, maar ik weet niet. Charlie zegt...' Weer moest ze nadenken over haar woorden. 'Charlie zegt ergens anders. In mooi huis. Niet hier. Maar ik bang.'

'Waar ben je bang voor?'

Natalia draaide haar kopje rond. 'Nina en ik vriendin. Nina belt. Nu niet.'

'Denk je dat ze...'

'Dood?' Natalia slikte. Haar lip trilde. 'Ik weet niet.'

'Kun je het niet aan Charlie vragen?'

'Nee!' Natalia keek bang. 'Niet Charlie. Ik niet weg. Ik werk. Jij niet...'

'Rustig, rustig.' Sanne boog naar voren en legde haar hand op de pols van het meisje. Ze voelde haar trillen. 'Ik zeg niks tegen Charlie.'

'Als hij denkt ik...' Ze slikte. 'Ik bang. Nina weg.'

'Heeft Charlie jouw paspoort?'

Natalia knikte kort. Met een ruk keek ze op toen de deur openging. Helena kwam de keuken binnen. Natalia stond meteen op en zette haar kop op het aanrecht. 'Ik naar huis', kondigde ze aan.

Helena knikte, Sanne reageerde niet. Natalia trok haar jas aan en verliet de keuken zonder nog iets te zeggen. Helena keek naar Sanne, die deed alsof ze dat niet merkte. 'Waar hadden jullie het over?'

'Hè?' Sanne keek op. 'O, niks. Werk.'

Helena kneep haar ogen samen. Het was duidelijk dat ze Sannes gespeelde nonchalance doorzag. 'Werk, hm?'

'Ja. Ik had een situatie met een klant en... Ach, laat maar.' Ze stond op. 'Ik ga.'

Helena gaf geen antwoord. Sanne voelde de ogen van haar collega in haar rug prikken toen ze haar jas aantrok. 'Tot morgen', zei ze. Helena humde wat. Sanne onderdrukte een huivering toen ze de keuken uitliep. Het gevoel dat ze meteen al had gehad, was er nog steeds. Voor Helena moest ze uitkijken.

Zodra ze thuis was, belde ze Rudi. 'Er is een meisje verdwenen', zei ze zonder hem te begroeten.

'Vandaag?'

'Nee, twee weken geleden al. Nina. Ze werkte als camgirl, maar ook voor Girls at Home. Dat is trouwens Charlies eigen escortservice. Voor hemzelf en voor zijn vrienden.'

'Zijn vrienden?'

'Mogelijk zijn drugsvrienden, maar dat weet ik niet zeker. Volgens een van de meiden wordt er betaald met drugs. En met loyaliteit waarschijnlijk.'

'Weet je dat zeker, van die drugs?'

'Ik heb het niet met eigen ogen gezien. Een van de meiden heeft het verteld. Natalia.'

'Hoe weet zij het?'

'Ze werkt voor Girls at Home. Ze heeft seks met Charlies vrienden en ze weet dat hij daarvoor betaald krijgt. Zij trouwens ook. Maar als ik haar zo hoorde, is het geen vrijwillige keuze om voor Girls at Home te gaan werken. Maar ook dat kan ik nog niet aantonen. De enige bron die ik heb, is Natalia.'

Rudi zei even niks. Ze zag hem voor zich, achter zijn bureau, druk schrijvend in een notitieboek. 'Gedwongen prostitutie stond nog niet op Charlies lijst', zei hij langzaam. 'Tot nu toe leek het erop dat al die meiden vrijwillig achter de cam plaatsnamen.'

'Nou ja, vrijwillig... Natalia zei dat haar paspoort bij Charlie is. En dat is vast niet het enige paspoort dat hij heeft.' Ze klikte haar pen aan en uit. 'Maar waar het om gaat is dat er een meisje zomaar verdwenen is. Een vriendin van Natalia, het meisje dat me vandaag over Girls at Home heeft verteld. Nina heet ze. Twee weken geleden was ze er nog, woonde ze in hetzelfde huis als Natalia. Maar toen was ze ineens weg.'

'Presteerde ze niet genoeg? Jij zei dat alles draait om hoeveel geld je binnenhaalt.'

'Ik heb eerder de indruk dat ze het lievelingetje van de baas was. Natalia zei dat ze al heel snel voor Girls at Home moest werken, terwijl Charlie normaal gesproken de meisjes zorgvuldig uitkiest. Pas na weken of maanden laat hij hen voor de escort werken.' Sanne schudde haar hoofd. 'Ik denk echt dat ze ergens tegen haar zin wordt vastgehouden. En dat we haar moeten vinden voordat Charlie haar iets aandoet.'

'Ik laat de zedenpolitie hierachteraan gaan. Wij moeten ons concentreren op de grote zaak tegen Charlie.' Rudi zweeg even. 'Verlies niet uit het oog wat je bij Charlie's Angels komt doen. Ik begrijp dat je dat meisje wilt helpen, maar jij kunt van daaruit niks ondernemen. Als Charlie er lucht van krijgt dat jij nieuwsgierig bent, gooit hij je eruit. Dan blaas je de hele operatie op.'

'Hm.' Sanne slikte, maar ze voelde zich opgefokt. Ze wist dat Rudi gelijk had, maar ze wist ook dat een onderzoek van de zedenpolitie lang kon duren.

'Doe gewoon wat je opdracht is, Sanne', drukte Rudi haar op het hart. 'Charlie is geen fijne figuur. Wees voorzichtig'.

'Oké.' Ze zuchtte en legde haar pen op tafel. Ze moest afwachten, hoe moeilijk dat ook was.

Nadat ze had opgehangen liep ze naar de douche en stond ze lange tijd onder het warme water. Daarna trok ze een makkelijk zittende broek en een T-shirt aan. In de keuken strooide ze cornflakes in een bakje en goot er yoghurt bij. Staand bij het aanrecht lepelde ze het naar binnen, zonder echt iets te proeven.

Sanne dacht aan Natalia. Ze had met haar te doen. Ze was zo jong, een meisje nog maar. En toch had ze al een heel leven achter de rug. Een leven in Rusland, waarvan Sanne alleen maar kon raden hoe het eruit moest hebben gezien. Daarna naar Nederland, waar ze ingezet werd als camgirl en zo te horen als een soort seksslavin voor haar baas en zijn drugsvrienden. De enige houvast die zulke meisjes hadden waren vriendinnen die in hetzelfde schuitje zaten. Ze kon zich de angst van Natalia levendig voorstellen. Niet alleen de angst dat haar vriendin iets was overkomen, maar vooral de dreiging dat haar hetzelfde lot boven het hoofd zou kunnen hangen. Die angst kon wel eens gegrond zijn.

Ze slikte. Ze wist dat Rudi gelijk had. Haar taak was informatie inwinnen over de bedrijfsvoering, over de arbeidsomstandigheden, de werktijden, de betaling en over de daadwerkelijke inhoud van het bedrijf. Hoe schrijnend ook, individuele gevallen vielen niet binnen haar missie. Ze moest zich zo rustig mogelijk houden, ze moest wegvallen in de groep en van daaruit haar ogen en oren goed open houden. Als ze zich nu zou inzetten om Nina te helpen, was de kans groot dat Charlie haar doorhad.

Maar aan de andere kant, ze was bij de politie gegaan om criminaliteit te bestrijden. Nu had ze een unieke positie, daar waar het gebeurde. Niemand anders binnen het korps – niet Rudi, en zeker niet de zedenpolitie – zat zo in het hart van de gebeurtenissen als zij. Het belang van het grotere onderzoek stond voorop, maar ze mocht haar ogen niet sluiten voor Nina's situatie. Ze was undercoveragent. Ze moest in staat zijn informatie in te winnen zonder dat iemand argwaan kreeg. Dat was haar werk.

'Kun je even helpen?' Sanne stak haar hoofd om de hoek van de deur en keek naar haar collega. Brianna draaide zich om. 'Wat is er?'

'Volgens mij heb ik iets fout gedaan met mijn computer.'

Brianna knikte kort, sloot haar computer af en volgde Sanne naar het kamertje waar ze net acht uur lang voor de webcam had gezeten. Ze merkte dat ze het werk al bijna op de automatische piloot deed. Het was minder moeilijk dan ze dacht om mannen via de digitale snelweg tot een hoogtepunt te brengen. Ze had een aantal standaardzinnen en acties ontwikkeld, die bijna altijd werkten. Eigenlijk had ze al gehoopt dat het zo zou gaan. Ze was nu drie weken aan het werk en ze kon bijna al haar aandacht en energie gebruiken om informatie in te winnen. Dat ging ook steeds beter. Zo was ze er inmiddels achtergekomen dat Charlie van alle buitenlandse meisjes de paspoorten had en dat ze bijna allemaal via België het land binnen waren gekomen. Rudi was blij geweest met die informatie. Financiële rechercheurs in Nederland en België waren een groep op het spoor die vrouwenhandel in het grensgebied faciliteerde. Als ze Charlie aan deze groep konden linken, was dat een zeer sterke pijler van de zaak tegen hem.

'Wat is er met je computer?' vroeg Brianna toen ze Sanne naar haar kamer volgde.

'Volgens mij is hij vastgelopen. Maar als ik hem gewoon uitzet, ben ik bang dat hij niet opslaat wat ik vandaag allemaal heb gedaan.'

Brianna ging op de bureaustoel zitten. 'Ik weet hier ook niet zoveel van.' Ze drukte op een knop. Sanne keek toe. Dat ging het probleem niet oplossen, ze had de computer zorgvuldig vergrendeld.

Ze ging op de punt van het bureau zitten. 'Anders moet ik maar tegen Charlie zeggen wat ik vandaag heb gedaan. Ik wil natuurlijk niet te weinig betaald krijgen.'

Brianna reageerde niet. Ze probeerde een paar andere toetsen, maar had duidelijk geen idee wat ze aan het doen was.

Sanne boog een beetje naar haar toe. 'Ik weet eigenlijk sowieso niet of ik wel krijg waarvoor ik heb gewerkt', zei ze op zachte toon. 'Hoe moet je dat nou weten?'

Brianna keek vluchtig op. Ze gaf geen antwoord.

'Ik bedoel: je moet maar geloven dat het bedrag klopt', ging Sanne door. 'Er zit geen overzicht bij van wat je hebt gedaan en wat je daarvoor krijgt. Dat is toch eigenlijk raar? Bij andere bedrijven waar ik heb gewerkt was dat altijd wel zo.'

Brianna stond op. 'Ik weet niet wat er met je computer is. Ik weet er niet zoveel van af.'

Sanne fronste. 'Heb jij dat dan niet?'

'Ik eh...' Ze schudde haar hoofd, zette een stap in Sannes richting en zei zacht: 'Je moet geen vragen stellen. Charlie wil geen vragen. Hij bepaalt alles, Angie. Als je vragen stelt, moet je weg. Dan wil hij je niet meer.'

Sanne beet op haar lip en zette een geschrokken blik op. 'Maar...'

Brianna schudde opnieuw haar hoofd. 'Ik kan je niet helpen. Charlie is... Houd je rustig, Angie. Dat is de enige manier.'

Sanne voelde haar ademhaling sneller gaan. Ergens in haar achterhoofd hoorde ze de stem van Rudi, maar ze moest dit doen. Anders kwam ze nooit verder. 'Nina', zei ze. 'Is dat de reden?'

Ze zag onmiddellijk de angst in Brianna's ogen verschijnen, maar er was nog iets. Verbazing. Nieuwsgierigheid, misschien. 'Nina?' vroeg ze. 'Hoezo heeft dit met Nina te maken?'

'Ik weet het niet, maar...' Sanne stond op. 'Ik heb over haar gehoord. Dat ze verdwenen is. Ik vind het doodeng, Brianna. Straks ga ik er ook aan als ik mijn werk niet goed doe.'

Brianna's lach klonk hoog en nep. 'Als je je werk niet goed doet? Nina deed haar werk juist goed. Te goed, waarschijnlijk. Charlie wilde haar voor zichzelf. God mag weten waar ze is, maar ze is niet ontslagen.'

'Is ze...' Sanne liet haar stem zakken. 'Is ze dood?'

Ze zag Brianna huiveren. 'Ik weet het niet. Misschien. Charlie was wild van haar. Geil. Iedereen kon dat zien. Binnen een week werkte ze voor Girls at Home, en niet voor de kleine jongens. De belangrijkste mannen mochten haar hebben. Ze vertelde wie ze allemaal had gedaan.'

'Wie dan?'

'Ik ken ze niet. Grote jongens, zei ze. Belangrijk voor Charlie. En toen ineens was ze weg. Misschien was hij jaloers.'

'Wie?'

'Charlie.'

'Jaloers? Hij bepaalde toch wie haar kreeg?'

'Daarom juist. Misschien wilde hij haar voor zich alleen. Misschien zit ze bij hem thuis. Misschien is ze dood. Ik weet het niet.'

Sanne moest die informatie op zich laten inwerken. Brianna was bang, maar haar loslippigheid kwam misschien ook voort uit een zekere sensatiebelustheid.

'Waar woont Charlie?' Te laat realiseerde Sanne zich dat ze die vraag niet had moeten stellen. Ze had zich te veel laten meevoeren. Even sloot ze haar ogen. Ze moest zichzelf onder controle krijgen.

'Ik moet weg.' Brianna had ineens haast. 'Sorry van je computer. Ik moet...' Ze keek Sanne aan.

'Vergeet wat ik heb gezegd. We hebben het hier niet over Nina. Als Charlie dat hoort...' Ze schudde haar hoofd, nerveus. 'Vergeet het gewoon.'

Sanne knikte. 'Ja. Ja, natuurlijk. Ik... Ik wil hier gewoon blijven werken.' Ze lachte, maar het klonk niet zo geruststellend als ze had gehoopt. 'Ik ken haar niet eens.'

'Ik ga naar beneden.' Brianna greep de deurklink. 'Charlie komt zo.'

Daarna was ze verdwenen. Sanne zakte op haar bureaustoel. Met een paar klikken van de muis had ze haar computer weer aan de praat. Dat was het voordeel als je de storing zelf veroorzaakte. Ze logde uit en bleef naar het zwarte scherm staren. Voorzichtigheid was belangrijk en zojuist was ze misschien te ver doorgegaan. Brianna zou Charlie niet vertellen dat een van zijn werkneemsters wel erg nieuwsgierig was. Daar was ze veel te bang voor. Ze zou het hooguit tegen een van de andere meiden zeggen en Sanne hoopte dat het niet op die manier alsnog bij Charlie terecht kwam. In gedachten ging ze hen langs. De meesten hadden net als Brianna nauwelijks contact met Charlie. De enige van wie ze niet zeker was, was Helena. Zij stond duidelijk boven de rest. De anderen meden haar. Sanne was er nog steeds niet achter hoe goed haar contact met Charlie was, maar het zou haar niet verbazen als Helena de opdracht had gekregen Charlies ogen en oren te zijn. Sanne deed hetzelfde als de rest: ze meed de vrouw. Ze was bang dat de anderen haar geen seconde meer in vertrouwen zouden nemen als ze probeerde met Helena contact te maken.

Het wantrouwen leek sowieso best groot. Alle meiden hadden maar één belang: niet de aandacht van de baas op zich vestigen. Dat kon hun hun baan kosten. Sanne wist wat hun dan te wachten stond. Geen enkeltje terug naar hun geboorteland, maar gedwongen raamprostitutie, of nog erger dan dat. Zelf had ze minder te vrezen. Charlie had haar paspoort niet, hij kon haar niet verkopen aan een van zijn criminele pooiervrienden. Dat maakte haar sterk, maar ook kwetsbaar. Hij wist dat zijn macht over haar minder was en daardoor zou hij vast ook minder van haar tolereren. Als haar nieuwsgierigheid uitkwam, kende hij geen genade, daarvan was ze overtuigd. Charlie hield niet van mensen die in zijn zaakjes rondneusden.

Ze pakte haar spullen en liep naar beneden. Charlie was er al, met zijn enveloppen. Zodra ze de keuken binnenkwam kreeg ze de hare in handen gedrukt. Zwijgend, net als de vorige keren. Ze deed wat de rest deed: ze stopte het geld in haar tas en maakte zich zo snel mogelijk uit de voeten. Brianna zag ze nergens meer.

Tien minuten later opende ze de deur van haar flat. Ook al woonde ze hier meer dan drie weken, ze had nog geen woord gewisseld met haar medebewoners. Dat leek van beide kanten goed te bevallen en Sanne wist wel beter dan haar best te doen in te burgeren. Ze dacht aan haar eigen appartement in het centrum van Utrecht. Eigenlijk ging het daar niet zo gek veel anders. Ze kende haar beneden- en bovenburen en ze wist wie er links en rechts van haar woonden. Maar daar hield het mee op. Niet dat ze dat erg vond. Haar buren zouden zeker vragen stellen als ze weken of zelfs maanden weg was voor een undercoveractie. Ze kon moeilijk elke keer een wereldreis verzinnen.

Eenmaal binnen scheurde ze de envelop open. Tweehonderdvijftig euro, haar gage ging omhoog. Blijkbaar had ze beter gepresteerd dan vorige week en de week daarvoor. Ze had een paar extra specials verkocht, misschien verklaarde dat het verschil. Of Charlie had met grote willekeurigheid vijftig euro extra toebedeeld. Ze moest elke keer bijna op haar tong bijten om het hem niet te vragen. Daarin leek ze de enige te zijn. De andere meiden vroegen zich blijkbaar niet af hoe de hoogte van hun loon werd bepaald. Ze accepteerden het, verstopten het en praatten er niet over. Waarschijnlijk ging een aanzienlijk deel van het geld meteen naar Rusland, naar hun families.

Ze schrok van een geluid in de gang en draaide zich met een ruk om. Pas na een paar seconden realiseerde ze zich dat het de bel van de intercom was. Rudi! Ze was helemaal vergeten dat hij langs zou komen. Snel liep ze naar de hal en drukte op de knop. Op het kleine beeldscherm zag ze hem in het portaal staan. Hij had iemand bij zich. 'Kom boven', zei ze. 'De deur is open. Ik kom er zo aan.'

Ze zette de voordeur op een kiertje en glipte snel naar de badkamer. Waarom wist ze niet precies, maar ze wilde dat Rudi haar zou zien als zelfverzekerde agente en niet als de camgirl die ze tegenwoordig was. Ze trok haar kleren uit, zette de douche aan en waste in recordtempo haar haar en haar lijf. Boven het ruisen van het water uit hoorde ze gestommel in de kamer. Ze zette de douche uit, droogde zich af en liep naar de aangrenzende slaapkamer waar ze een spijkerbroek en een geruit overhemd aantrok. Op blote voeten liep ze naar de kamer.

'We hebben maar even koffie gepakt', zei Rudi.

Sanne maakte een handgebaar. '*Be my guest.* Hallo, Sanne Romeijn.' Dat laatste was bedoeld voor de andere man in de kamer, die Sanne niet kende. Ze schudde hem de hand.

'Stefan VanDamme.'

'Rechercheur VanDamme werkt voor de Belgische financiële recherche', introduceerde Rudi hem. 'Hij houdt zich onder andere bezig met de geldstromen in de grensstreek. In samenwerking met de zedenpolitie onderzoekt hij de vrouwenhandel in dat gebied.'

'Aha.' Sanne knikte. 'En daarin speelt Charlie van der Zee een grote rol.'

'Dat vermoeden kunnen we steeds meer hard maken, ja.' VanDamme knikte. Sanne mocht hem wel. Hij had een zachte stem en een charmante Vlaamse tongval, maar aan de vastberaden trek op zijn gezicht zag ze dat hij een rechercheur was die niet snel opgaf.

Rudi gebaarde naar de opengescheurde envelop op tafel. '*Pay-day*?'

Sanne knikte. Ze nam plaats op een van de stoelen. Rudi en zijn collega volgden haar voorbeeld. 'Ja. En blijkbaar heb ik loonsverhoging gekregen.'

Rudi scande het briefgeld met zijn ogen. 'Toe maar.' Hij pakte het geld en stopte het in een doorzichtig plastic zakje. Sanne wist dat hij, net als de vorige twee keer, het geld zou laten onderzoeken. De grootste hoop van de recherche was dat de serienummers konden worden gelinkt aan geld dat in het criminele circuit rondging, maar zo makkelijk was het vooralsnog niet. Charlie was niet van gisteren.

'Schiet het al op met het onderzoek?' wilde Sanne weten.

Rudi keek haar onderzoekend aan. 'Wil je nu alweer stoppen met je nieuwe baan?'

'Welnee, ik vind het enig. Echt, ik geniet er met volle teugen van.'

Rudi schoot in de lach. 'Dat doet me goed. Jammer genoeg voor jou gaat het inderdaad de goede kant op met het onderzoek. We hebben een heleboel meer punten kunnen zetten, nu zoeken we de lijnen om ze te verbinden. Elke lijn die we kunnen trekken, brengt ons dichter bij de complete bewijsvoering.'

Sanne knikte. 'En dat verdwenen meisje?' Ze staarde Rudi aan. 'Is er al meer bekend over haar? Ik neem aan dat de zedenpolitie ermee bezig is?'

'O, ja natuurlijk. Ze zijn bezig uit te zoeken wie ze is. Waarschijnlijk is haar echte naam geen Nina en daarom is het lastig zoeken.'

'Sommige meiden denken dat ze bij Charlie thuis is, in een van zijn huizen. Daar kunnen ze toch gaan kijken!'

Rudi legde zijn handen voor zich op tafel. 'Zo makkelijk is dat niet. Zonder gegronde verdenking kunnen we moeilijk bij hem binnenwandelen om te vragen of hij toevallig ergens een meisje heeft verstopt. We willen hem juist in de waan laten dat de politie hem niet zo in de gaten houdt.'

Sannes mond verstrakte. Ze wist hoe het werkte, maar toch vond ze het moeilijk zich erbij neer te leggen.

Rudi keek naar zijn Belgische collega. 'Het onderzoek in de grensstreek maakt ook vorderingen. We hebben de hoop dat we Charlie binnen een paar weken aan de mensenhandel kunnen linken. We houden een aantal *keyplayers* in de gaten. Als we genoeg hebben, pakken we die op, leggen we hun het vuur aan de schenen en de kans is groot dat een of meer van hen gaan praten. Uiteindelijk kiezen ze lijfsbehoud en strafvermindering altijd boven loyaliteit.'

'Denk je dat die *keyplayers* ook de gasten zijn die Charlie zijn Girls at Home-meisjes geeft?'

Rudi knikte, net als zijn Vlaamse collega. Die laatste nam het woord. 'Die kans is heel groot. Maar daar kunnen we pas iets mee als we zeker weten dat ervoor wordt betaald met drugs.'

'Gebruik maken van de diensten van een illegale prostituee is ook strafbaar.'

De man knikte bedachtzaam. 'Maar ga maar eens aantonen dat ze weten dat die meisjes illegale prostituees zijn, die door Charlie worden gedwongen seks te hebben met deze mannen. Als het bij hem thuis gebeurt, zullen de mannen beweren dat ze niet beter weten dan dat het een vriendendienst was. Pas als ze ervoor betalen, kun je hun ten laste leggen dat ze gebruik hebben gemaakt van prostituees.'

Rudi keek naar Sanne. 'Het zou goed zijn als jij voor Girls at Home kon werken. Dat zou een schat aan informatie opleveren.'

Sanne knikte. 'Alleen hoor ik van iedereen hetzelfde verhaal: Charlie kiest uit wie er wel en niet voor werken. Je kunt niet solliciteren. En ik vermoed dat hij het niet waardeert als je erom vraagt.'

'Dan moet je afwachten.' Rudi nam de laatste slok van zijn koffie. 'We hebben tijd.'

Hij stond op, rechercheur VanDamme volgde zijn voorbeeld. Beiden gaven ze Sanne een hand. 'Succes', zei Rudi. 'Ga door zoals je nu doet. Liever kleine stappen dan dat we onze hand overspelen.'

Sanne knikte. 'Dat begrijp ik.' Ze wilde nog iets over Nina zeggen, maar besloot het niet te doen. Rudi was op dat vlak duidelijk geweest. Ze liep met de twee mannen mee naar de voordeur en sloot die achter hen. Daarna bleef ze tegen de deur geleund in het halletje staan. Ondanks Rudi's woorden liet het beklemmende gevoel haar niet los. Er was tijd voor het onderzoek naar Charlie, maar niet voor Nina. Moest ze niet iets doen?

6

SANNE PAKTE DE ENVELOP AAN EN STOPTE DIE in haar tas. Het was de vierde keer dat ze het ritueel meemaakte en het was elke week hetzelfde. Er werd niks over gezegd, niemand maakte de envelop open. Het was alsof het uitdelen helemaal niet plaatsvond, zo snel verdwenen de enveloppen in handtassen of jaszakken. Sanne keek op de klok. Het was vier uur 's middags en haar dienst begon. De meiden van de vroege dienst verlieten een voor een de ruimte en Sanne maakte aanstalten om naar boven te lopen. Net toen ze haar hand op de deurklink legde, voelde ze Charlies hand op haar schouder. 'Angie', zei hij. 'Wacht even.'

Sanne verstijfde. Allerlei gedachten schoten door haar hoofd. Had ze een fout gemaakt? Was ze door de mand gevallen?

Ze draaide zich om naar Charlie en keek vragend. Hij gebaarde haar mee te lopen. De andere meiden keken met verholen nieuwsgierigheid. Het gebeurde niet vaak dat Charlie zich met een van de meisjes bemoeide. Ze liep achter hem aan naar het achterste gedeelte van de kamer en ging op de bank zitten. Charlie nam tegenover haar plaats. Sanne wachtte af en probeerde haar ademhaling rustig te houden.

'Hoe vind je het hier?'

Ze aarzelde even voor ze antwoord gaf, probeerde de vraag te doorzien. Maar Charlie leek bijna oprecht geïnteresseerd. 'Ja', zei ze uiteindelijk. 'Goed.'

Charlie knikte. Hij zweeg. Sanne likte aan haar lippen. 'Tenminste, ik denk dat het goed gaat, maar...' Ze maakte een handgebaar. 'Ik weet niet...'

'Ja. Ja, zeker. Je hebt al een aantal vaste klanten.'

Ze knikte. Het was moeilijk in te schatten waar Charlie heen wilde met het gesprek. Ze hield zich op de vlakte.

Uiteindelijk leunde Charlie achterover. 'Je bent klaar voor de volgende stap, Angie', zei hij. Het was geen vraag. Een mededeling, alsof die stap altijd al een gegeven was geweest. Sanne knikte alleen maar. Al haar spieren waren tot het uiterste gespannen.

'Je kent Girls at Home?'

Even aarzelde Sanne. Ze voelde een spiertje bij haar oog trekken. Toen knikte ze. Girls at Home was geen geheim en ze zou zichzelf in een lastige positie brengen als ze aantoonbaar zou liegen.

Charlie ging verzitten. 'Jij bent gewild, Angie. Ik wil dat je voor Girls at Home komt werken. Morgenavond begin je, bij mij. Ik bepaal wat je doet en met wie. Je krijgt goed betaald en verder stel je geen vragen.'

Sanne slikte. 'Oké', zei ze. Ze probeerde het ferm te laten klinken, maar dat lukte niet helemaal. Het duizelde haar even. Tegelijkertijd voelde ze haar hart hameren.

'Morgen werk je tot vier uur. Daarna wacht je hier.'

Sanne knikte. 'Oké', zei ze opnieuw. Ze keek toe hoe Charlie opstond en wegliep. Ze wachtte even en liep daarna terug naar de keuken. Charlie was verdwenen, net als de andere meiden. Het was alsof het hele gesprek niet had plaatsgevonden. Ze wilde Rudi bellen, maar dat ging nu niet. Haar dienst begon en het laatste wat ze nu moest doen, was de aandacht op zich vestigen. Dat zou alles kunnen verpesten.

Met een mengeling van opwinding en nervositeit keek Sanne op de klok. Het was kwart voor vier. Nog een kwartier tot het einde van haar dienst en het begin van haar werk bij Girls at Home. Ze wist niet goed wat ze moest verwachten. Het liefst wilde ze bij de anderen informeren wat het werk precies inhield, maar dat had ze toch maar niet gedaan. Dan maar wat minder voorbereiding, ze wilde in elk geval niet onzeker of onprofessioneel overkomen. Zelf had ze Charlie niet zo meegemaakt, maar ze wist dat hij impulsief en licht ontvlambaar kon zijn. Ze wilde haar pas verworven status niet meteen weer kwijtraken.

Om precies vier uur sloot ze haar computer af en liep naar beneden. Ze knikte tegen Brianna en Eugenia, die in de keuken waren. De meiden mompelden iets terug. Brianna trok snel haar jas aan. Sanne had het idee dat het meisje haar ontweek sinds ze haar vorige week over Nina had verteld. Zelf was ze er niet meer op teruggekomen. Ze wilde Brianna niet in een lastig pakket brengen en bovendien wilde ze zelf niet als nieuwsgierig te boek komen te staan.

Eugenia volgde het voorbeeld van haar collega en beide meiden verlieten de ruimte. Sanne stond een beetje besluiteloos bij het aanrecht. Charlie had gezegd dat ze na haar dienst bij Girls at Home moest werken, maar wat dat precies betekende wist ze niet. Was het nu meteen? Of moest ze afwachten tot hij zich liet zien.

Ze dacht aan het telefoongesprek gisteren met Rudi. Hij was verheugd geweest, deze nieuwe stap kon niet anders dan een enorme schat aan informatie opleveren. Maar hij had haar ook op het hart gedrukt om voorzichtig te zijn. Zodra ze bij hem of een van zijn mensen in de auto stapte, was ze overgeleverd aan Charlie. Ze was een getraind politieagente, maar zonder versterking of wapens stond ze niet erg sterk. Rudi had gesuggereerd dat ze een zender zou dragen, zodat ze getraceerd kon worden. Het was een maatregel die haar veiligheid danig zou vergroten, maar Sanne had resoluut geweigerd. Eenmaal zonder kleren kon ze de zender niet verbergen. Als de zender werd ontdekt, was ze nog veel meer in gevaar dan wanneer ze er überhaupt geen droeg. Haar mobiele telefoon kon ook een indicatie geven van waar ze zich bevond, al was haar veiligheid daarmee natuurlijk verre van gegarandeerd. Als Charlie kwaad in de zin had, zou hij haar telefoon waarschijnlijk als eerste afpakken.

Ze dacht aan wat Rudi verder had gezegd. Er was een doorbraak in het onderzoek, mogelijk werden er vandaag al arrestaties gedaan bij Charlies kantoren of een van zijn huizen. De informatie had het stempel topgeheim gekregen en daarom kon Rudi er zelfs tegenover haar niet te veel over uitweiden, zeker niet per telefoon. Maar hij had gezegd dat ze ogen en oren moest openhouden en dat als ze merkte dat ook op de plek waar zij was een actie gaande was, ze niet uit haar rol moest vallen. Zij was Angie, wat er ook gebeurde. Haar aanwezigheid was slechts bij een zeer selecte groep bekend en dat moest zo blijven. Desnoods moest ze zich laten arresteren.

Ze was nieuwsgierig wat de doorbraak was en over welke actie Rudi het had, maar ze wist hoe het werkte. Hij mocht er niks over zeggen, dat zou de actie alleen maar kunnen schaden. Charlie had vele panden en ze wist niet eens of ze vandaag wel in een van die huizen of kantoren zou verblijven. Misschien zou ze niks van de hele actie meekrijgen.

Ze schrok op toen ze de voordeur hoorde. Meteen rechtte ze haar rug en trok de ceintuur van haar jas wat strakker aan. De keukendeur ging open en een jongen die ze niet kende kwam binnen. Ze schatte hem eind twintig, zijn gezicht was stoïcijns. 'Angie?' vroeg hij. Ze knikte. Hij hield de deur open en gebaarde dat ze voor moest gaan. Ze liep naar de gang en daarna naar buiten. Voor de deur stond een donkerblauwe SUV. Ze liep eromheen, maar de jongen gebaarde dat ze achterin moest gaan zitten. Ze keek naar hem. Bij het ene woord dat hij tegen haar had gezegd had ze gehoord dat hij niet Nederlands was. Ze probeerde in te schatten waar hij vandaan kwam, maar het was moeilijk. Zijn huid was licht getint. Misschien uit een Arabisch land, al kon hij net zo goed Aziatisch bloed hebben. Ze vroeg zich af wat zijn werk was. Misschien had hij wel een dagtaak aan het rondrijden van meisjes voor Girls at Home. Ze vroeg het maar niet. Nog niet.

Zwijgend keek ze uit het raam. Ze reden door de binnenstad van Eindhoven. Ze kende het hier niet zo goed, maar ze had het idee dat ze op weg waren naar de ring.

Even later werd dat vermoeden bevestigd. De jongen stuurde de SUV de snelweg op. Sanne keek op de borden. Ze reden richting het zuiden. Op de hectometerpaaltjes zag ze dat ze zich op de A2 bevonden. Ze haalde zich de kaart voor de geest. De A2 liep naar Maastricht door, maar ze konden straks ook de A67 nemen. Die weg leidde naar België. Ze had in het dossier gelezen dat Charlie, naast zijn appartement in Eindhoven, ook een huis in Brasschaat had. De kans bestond dat ze naar een van die twee panden gingen. 'Morgenavond begin je, bij mij', had Charlie gisteren gezegd. Mogelijk bedoelde hij dat letterlijk. In zijn huis. En misschien wel met hem. Dat idee vervulde haar met afschuw, maar snel schakelde ze om. Ze was Sanne niet, ze was Angie.

Ze kwamen aan op de splitsing van de snelwegen en Sanne zag hoe de jongen inderdaad voor de A67 koos. Ze werd er steeds zekerder van dat een van Charlies huizen de eindbestemming was. Even overwoog ze Rudi te sms'en waar ze was, maar meteen liet ze dat idee weer los. De jongen leek met zijn aandacht bij de weg te zijn, maar zijn blikken in de achteruitkijkspiegel waren haar niet ontgaan.

Ze leunde achterover tegen de leren bekleding en wachtte af.

Een uur later hield de SUV stil voor een grote, witgepleisterde villa. Het huis lag verscholen tussen de bomen, aan het einde van een met grind bedekte oprijlaan. Sanne kende het huis uit het dossier. Het was in het echt nog indrukwekkender dan op de foto en ze wist dat er geen hypotheek op rustte. Ze stapte uit en bleef even naar het huis staan kijken.

'Kom', zei de jongen. Hij beklom de vijf treden naar de voordeur. Sanne deed hetzelfde. De deur was niet op slot en ze gingen naar binnen. De hal was groot en kitscherig versierd, met een enorme kroonluchter als blikvanger. De lamp stond aan en verspreidde een geelachtig licht. Een brede trap liep naar boven en splitste zich halverwege. Sanne keek naar de hoogglans witte treden en leuning. Het huis leek rechtstreeks weggelopen uit MTV Cribs. Ze verwachtte elk moment een of andere Amerikaanse rapper, die tevoorschijn zou springen en haar een rondleiding zou geven.

'Meneer komt eraan', zei de jongen. 'Wacht hier.' Daarna was hij verdwenen. Even later hoorde Sanne de auto wegrijden. Het grind knerpte onder de wielen.

Ze keek de hal rond. Er kwamen diverse deuren op uit, allemaal waren ze gesloten. Het liefst wilde ze ze een voor een af gaan, in alle kamers kijken. Misschien zou ze hier maar één keer komen en was dit haar enige kans in Charlies domein. Maar ze wist wat er van haar werd verwacht. Diepgaande informatie over Charlies werkwijzen en over Girls at Home was meer waard dan wat ze kortstondig bij elkaar kon scharrelen in zijn huis.

Het enige wat haar niet losliet, was het gevoel dat Nina hier ergens kon zijn. Brianna had gezegd dat Charlie haar voor zichzelf wilde, dat hij geobsedeerd door haar was geraakt. Mogelijk dat hij haar daarom in zijn huis wilde hebben. Dit was het grootste huis dat hij bezat en ook de plek waar hij het meest verbleef.

Ze hoorde een geluid achter zich en draaide zich om. Een van de deuren ging open en Charlie stapte de hal binnen. Ze knipperde. Hij droeg een tennisoutfit en was bezweet. Een jongere man volgde hem, ook in sportkleding. Sanne keek naar zijn gezicht. Ze herkende hem meteen.

'Angie', zei Charlie. Zijn gezicht verried geen emoties. 'Ik kom er zo aan.' Hij draaide zich om naar de man achter hem. 'Tot morgen, Georgino.'

Sanne staarde naar de man. Georgino Panzaki. De wasserette-eigenaar die volgens hemzelf niks met Charlie te maken had stond hier voor haar, bezweet van het tennissen en blijkbaar de beste maatjes met Charlie. Ze moest dit zo snel mogelijk aan Rudi vertellen.

Georgino knikte naar Charlie en verliet de gang via een andere deur. Charlie ging de trap op. Hij liep een beetje moeilijk, zag ze. Blijkbaar was het partijtje tennis hem zwaar gevallen. Hij gebaarde naar boven. 'Kom mee. Je kunt daar wachten.'

Sanne volgde hem de trap op. Charlie nam haar mee naar een slaapkamer. Hij deed de deur open en gebaarde naar binnen. 'Ik kom er zo aan.' Sanne stapte de kamer in. De inrichting ervan was al net zo kitscherig als de hal. De muren waren bekleed met fluweelachtig rood behang, het beddengoed had diezelfde kleur en de vloerbedekking was zwart. Het leek wel een bordeel. Sanne begon zich af te vragen of Charlies huis de plek was waar Girls at Home opereerde. Misschien vonden alle activiteiten hier wel plaats en waren de zeker acht deuren die ze op de overloop had gezien allemaal kamers voor de escortservice.

Ze trok haar jas uit en ging op de rand van het bed zitten. De badkamer was aan de overkant van de gang. Ze hoorde het geluid van een douche. Sanne wist dat ze zich rustig moest houden, maar als ze informatie wilde overhouden aan haar bezoek, was dit waarschijnlijk haar enige kans. Ze stond op en opende voorzichtig de deur op een klein kiertje. Even bleef ze staan luisteren. Op het geluid van de douche na, was het stil in huis. Ze keek op haar horloge. Het was iets na half zes. Ze was er vrijwel zeker van dat Charlie personeel had, maar ze hoorde niemand. Misschien waren ze naar huis.

Even bleef ze staan. Aarzelend. Ze wilde het maximale uit deze kans slepen. Ze glipte de gang op en scande het plafond. Geen camera's. De hoogpolige vloerbedekking dempte haar voetstappen. Ze bleef staan bij de deur naast de hare en luisterde. Het was stil binnen. Ze legde haar hand op de deurklink en drukte die zacht naar beneden. Als ze werd gesnapt, kon ze zeggen dat ze haar kamer had verlaten en niet meer wist welke het was. Charlie zou het vast niet op prijs stellen dat ze niet op haar eigen kamer was gebleven, maar het was niet onoverkomelijk.

Ze deed de deur open en keek naar binnen. De kamer was identiek aan de ruimte waar ze net vandaan kwam, maar dan in het paars. Ze keek snel rond en sloot de deur weer. Vlug liep ze door naar de volgende. Ook die deur was open, ook deze kamer verschilde niet veel van de vorige twee alleen was er voor donkerroze gekozen. De volgende kamer die ze tegenkwam was een badkamer. Hoe meer kamers ze zag, hoe meer ze ervan overtuigd begon te raken dat de activiteiten van Girls at Home zich volledig hier afspeelden. Ze deed de deur dicht en bleef even staan. Er waren nog vier deuren, ze kon zich wel een voorstelling maken van wat zich daarachter bevond. Het liefst wilde ze naar beneden lopen en daar rondkijken. Papieren, computers, laptops – er kon van alles zijn wat interessant was. Maar het risico was te groot. Ze draaide zich om en liep terug naar haar eigen kamer. Toen ze weer voor de deur stond, hoorde ze de douche aan de overkant van de gang nog steeds stromen.

Plotseling draaide ze zich om. Aan het einde van de gang had ze een geluid gehoord. Ze spitste haar oren, maar het was weer stil. Ze knipperde. Toen zag ze pas dat de laatste deur op de gang open stond. Dat was net nog niet het geval geweest. Er was nog iemand.

Terwijl ze ernaar keek, werd de deur van binnenuit snel dicht geduwd. Alsof iemand naar buiten had willen komen, maar zich snel had bedacht toen diegene Sanne had gezien. Ze kneep haar ogen samen. Er kwam maar één ding bij haar op. Ze beet op haar lip. Ze moest het weten.

Snel liep ze naar het einde van de gang. Even overwoog ze aan te kloppen, maar ze deed het niet. Ze duwde de klink naar beneden en opende de deur een klein stukje. Haar hart hamerde. Ze stak haar hoofd om de hoek.

Op het bed zat een meisje. Zestien, zeventien jaar misschien. Ze was blond. Haar grote, donkere ogen keken verschrikt. Ook al had Sanne haar nog nooit gezien, ze wist het meteen. 'Nina', zei ze.

De blik veranderde in ronduit angstig. 'Wie ben jij?' Het Russische accent was onmiskenbaar.

'Niet bang zijn. Ik ben Angie. Ik werk ook voor Charlie.' Sanne liep naar de deur, stak haar hoofd om de hoek, maar zag niks. Ze liet de deur open staan en draaide zich weer om naar Nina. Op zachte toon zei ze: 'Ik werk voor Girls at Home. Net als jij.'

'Jij moet weg.' Nina kroop naar achteren, alsof ze zo ver mogelijk bij Sanne vandaan wilde zijn. Ze had moeite de woorden te vinden toen ze zei: 'Gevaarlijk. Charlie. Jij weg. Nu.'

'Hoezo is hij gevaarlijk? Wat heeft hij met je gedaan?'

'Kan niet.' De paniek in Nina's ogen werd duidelijk. 'Als hij ziet... Jij. En mij. Boos. Gevaarlijk.'

'Hij ziet ons niet samen. Hij staat onder de douche.'

'Hij maakt dood.' Nina begon bijna te huilen. Sanne zette een paar stappen in haar richting. Ze week nog verder achteruit en piepte hoog.

'Sst.' Sanne legde haar vinger tegen haar lippen. 'Niet bang zijn. En geen geluid maken. Vertel me hoe het gaat. Doet hij je pijn? Wat moet je doen? Waarom houdt hij je hier vast?'

'Nee, nee.' Nina kwam van het bed en ging ernaast staan. Ze keek afwerend. 'Jij moet weg. Charlie, hij... Ik bang. Hij zegt hij maakt mij dood als ik zeg.'

'Als je wat zegt?'

'Alles. Hij maakt jou dood. Je moet doen wat hij zegt. En weggaan. Snel.' In haar paniek begon ze steeds harder te praten. 'Hier is gevaarlijk. Jij moet zeggen de anderen moeten mij helpen. Weghalen. Maar niet nu. Als hij ziet... Jij moet weg.'

'Sst', zei Sanne opnieuw, met haar vinger tegen haar lippen. 'Zacht. Hij mag je niet horen.'

'Maar jij...' Nina maakte armgebaren. 'Weg. Niet blijven. Gevaarlijk. Jij...' Haar stem sloeg over. Sanne keek even achterom. Charlie kon hen horen. Nina moest het volume laag houden.

'Nina', zei ze zacht. 'Doe rustig. Stil. Ik...'

'Nee!' Het meisje gilde nu bijna. Haar angst was aan alles voelbaar.

'Stil', herhaalde Sanne. 'Ik haal je hieruit. Ik ben hier om je te helpen, maar je moet meewerken. Je moet stil zijn.'

Het leek niet te helpen. Het meisje was overstuur en kon blijkbaar alleen maar denken aan de dreigementen die Charlie tegen haar had geuit. Sanne moest iets doen, anders zou Charlie haar zo meteen horen schreeuwen. Ze kon maar één ding bedenken.

'Nina', zei ze ferm. 'Stil nou.' Ze stapte op het meisje af en pakte haar beide armen. Ze ging over op fluistertoon. 'Luister naar me. Ik werk niet echt voor Charlie's Angels en ook niet voor Girls at Home. Ik werk voor de politie, ik ben undercover. We zijn Charlie op het spoor en we hebben hem bijna te pakken. Ik zorg dat je hieruit komt, maar dan moet je wel stil zijn. Charlie mag niks merken. Houd je rustig, dan komt het goed. Misschien niet nu of vandaag, maar wel heel snel.'

Ze slikte. Haar ware identiteit onthullen was een noodgreep, en een riskante ook, maar ze moest iets doen om het meisje gerust te stellen. Nu was het zaak om Charlie niks te laten merken en zodra ze hier weg was, te zorgen dat Nina hulp kreeg. Nu ze concreet wist waar het meisje zat, moest het geen probleem meer zijn haar hieruit te krijgen.

Ze merkte dat Nina rustiger werd en liet haar los. 'Houd je kalm', zei ze nog een keer. 'Het komt goed. Ik moet nu terug.'

Nina knikte. Sanne zette een paar passen achteruit. In het tumult van net had ze niet gemerkt dat de douche uit was gezet. Ze hoorde het water niet meer stromen en schrok. Ze moest zo snel mogelijk naar haar eigen kamer. Even keek ze nog naar Nina. Het meisje had het begrepen, daarvan was ze overtuigd.

Ze draaide zich om en wilde snel de gang op lopen. Bijna slaakte ze een kreet, die ze op het laatste moment binnenhield. Haar hart miste een paar slagen. Ze keek op. Slikte. Het besef dat ze een kapitale fout had gemaakt, kwam als een mokerslag binnen.

'Charlie', zei ze schor. Ze probeerde het luchtig te laten klinken, als een soort aangename verrassing. 'Ik wilde...'

Zijn blik was koud en peilloos. Op zijn voorhoofd klopte een ader. Ze wendde haar ogen af. Hij had haar gehoord, dat wist ze zeker. Ze likte aan haar droge lippen en dwong zichzelf om rustig te blijven. Alleen dan kon ze nadenken. Alleen dan kon ze de schade beperken. Ze keek langs hem heen. Wegrennen, naar beneden, naar buiten – het was geen optie. Ze was ook te ver bij haar telefoon vandaan om iets te kunnen doen. Ze was op zichzelf teruggeworpen.

Charlies stem klonk ijskoud toen hij zei: 'De politie, hm?'

Sannes gedachten raasden door elkaar. Moest ze het ontkennen? Dat had geen zin. Ze zei niks.

Ze slaakte een kreet toen Charlie plotseling haar armen pakte. Hij draaide haar rond, bijna viel ze. Hij trok haar omhoog. Zijn greep voelde als een ijzeren klem. In een flits zag Sanne de doodsbange blik in Nina's ogen.

'Meekomen', zei Charlie tegen het blonde meisje, kort en afgemeten. Sanne keek opzij. Ze kon niks anders dan hopen dat ze geen domme dingen zou doen. Charlie was sterker en ze was er honderd procent van overtuigd dat hij bewapend was.

Nina deed wat er werd gevraagd. Met kleine stapjes liep ze naar Charlie toe. Hij duwde Sanne richting de trap. Ze gingen naar beneden. Charlie opende een van de deuren en ze kwamen in een kantoor terecht. Tegen de wanden stonden archiefkasten, in het midden twee grote bureaus. Charlie trok een la open en haalde tie-rips tevoorschijn. Daarna zette hij Sanne hardhandig op een stoel, Nina liet hij tegen over haar plaatsnemen. Sanne slikte toen hij haar armen en benen aan de stoel vastmaakte en daarna bij Nina hetzelfde deed. Al die tijd zei hij niks. Onopvallend keek ze rond in de kamer. De twee bureaus waren elk voorzien van een computer en een laptop. In de kast zag ze mappen en losse papieren. Documenten die de politie waarschijnlijk dolgraag wilde doornemen. Er waren ramen, maar die konden niet open. De deur was de enige ontsnappingsmogelijkheid.

Ze keek naar Charlies gezicht en zag een verbeten trek. 'Heb je je politievrienden al ingeseind?' vroeg hij met hoon in zijn stem. 'Zijn ze al onderweg? Waar zit die handige zender van je?'

Sanne zei niet dat ze niks bij zich had. De kans dat Charlie het geloofde was niet groot en ze wilde hem niet verder irriteren. Hij boog voorover en trok haar hooggehakte pumps uit. Daarna gooide hij ze de kamer uit, de gang op. 'We zouden niet willen dat die zender niet meer werkt, hè. Zo meteen.'

Ze kneep haar ogen samen. Wat bedoelde hij?

Hij draaide zich om en liep de gang op. Ze hoorde deuren slaan. Een paar seconden later was hij terug. Ze keek naar de aansteker in zijn handen. Achter zich hoorde ze Nina gillen. Sanne begon te hijgen. Haar hart bonkte zo hard dat het pijn deed. Haar ogen registreerden, maar ze wilde het niet zien. Ze beet op haar wang om niet ook te gillen. Ze moest iets bedenken. Ze rukte aan de tie-rips, maar die gaven nog geen millimeter mee. Ze voelde het harde plastic in haar huid snijden. Ze zat met handen en voeten gebonden. Ze slikte een paar keer achter elkaar. Nina schreeuwde onophoudelijk.

'Charlie!' riep ze uiteindelijk. 'Nee! Als je dit doet, dan... dan...'

Ineens was zijn gezicht vlak voor het hare. 'Bek houden', blafte hij haar toe. Hij draaide zich om. Sanne begon te roepen, te schreeuwen. Ze wist zelf niet eens wat. Als in slow motion zag ze Charlie weglopen. Hij rukte papieren van de bureaus en maakte er proppen van. Die stak hij aan en liet ze vervolgens op de grond vallen. Achteloos. Met zijn arm maaide hij door de kasten. Mappen vielen eruit, nog meer papieren lagen slordig op de grond. Daarna sloot hij de deur. Ze hoorde het klikken van het slot. Het zoevende geluid waarmee steeds meer documenten vlam vatten. Vlammen likten aan de poten van de kasten en de bureaus. In paniek zette ze zich met haar voeten tegen het bureau af. De stoel schoot naar achteren. De vlammen trokken aan haar voorbij. Ze begon te hoesten. In haar oren klonk het onophoudelijke geschreeuw van Nina. En nog iets.

Misschien was ze het zelf wel. Ze wist het niet. Haar hersenen werkten niet meer. De paniek had alles overgenomen. Zo voelde het om dood te gaan. Ze rukte met haar handen en voeten. De stoel kantelde bijna. Viel terug. Rook prikte in haar neus, drong door in haar keel. Ze hoestte ongecontroleerd. Zweet droop van haar gezicht, over haar rug en haar armen. Het was ondraaglijk warm in de kamer. Ze had het gevoel dat haar longen werd dichtgeknepen. Haar zicht werd troebel, de rook dikker. Ze hoestte. Haar kracht nam af. Ze kon dit niet lang meer volhouden. Het vuur knetterde en klom steeds hoger op. Ze dacht niet meer aan bewijsmateriaal. Ze dacht aan haar leven, en dat van Nina. En de onvergeeflijke fout. Ze vocht, maar ze verloor. Haar hersenen weigerden te werken. Haar kracht was op. De warmte was verzengend. Haar ogen gingen dicht. Het laatste wat ze hoorde was het geruis van het bureau dat instortte. Daarna werd het stil in haar hoofd.

7

SANNE WERD WAKKER MET HET GEVOEL DAT haar borstkas uit elkaar werd getrokken. Ze hapte naar adem, maar kreeg te weinig zuurstof. Ze hoestte en kreunde tegelijk. De pijn leek in al haar zenuwen te zitten.

Langzaam opende ze haar ogen. Ze prikten. Net als haar neus, haar mond en haar keel. Ze keek om zich heen. Het strakwitte plafond, de lichtgroene muren. De gele deken waaronder ze lag. De geur van rook die overal doorheen leek te gaan. Ze had geen idee waar ze was. Ze keek naar links en zag een lege stoel. Daarachter een geel gordijn, gesloten.

Ze slikte, wat een nieuwe hoestbui opleverde. Ze probeerde te bewegen, maar alles deed pijn. Met enige verbazing keek ze naar haar hand, waar een infuus in zat. Met haar blik volgde ze het slangetje. Het leidde naar een zak naast haar bed. Een doorzichtige vloeistof drupte gestaag de lijn binnen. Ze keek ernaar met verbazing. Ze was in een ziekenhuis. Met geen idee hoe ze hier terecht was gekomen.

'Mevrouw Romeijn?'

Ze keek naar rechts, waar het geluid vandaan kwam, en zag een dokter in een witte jas. Een stethoscoop zat dubbelgevouwen in de borstzak. Ze keek hem aan en knikte langzaam. Even probeerde ze iets te zeggen, maar die poging staakte ze maar weer. Haar keel leek in brand te staan.

'Wilt u wat water?' De dokter pakte een glas en hield haar een rietje voor. Ze dronk dankbaar. Daarna probeerde ze opnieuw te praten.

'Waar ben ik?'

'In het ziekenhuis. U bent betrokken geweest bij een brand.' De man had een Vlaamse tongval, registreerde ze. 'Hoe voelt u zich?'

Ze keek hem aan. 'Prima', zei ze langzaam.

De man knikte. ‘U hebt rook ingeademd en daar zult u nog wel even last van hebben. Verder hebt u oppervlakkige brandwonden, waarvoor we u pijnstilling geven. Geen derdegraads wonden, u bent gelukkig op tijd uit de vlammen gehaald.’

Sanne knikte vaag. Vlammen? Brand? Ergens in haar achterhoofd zag ze beelden. Vluchtig en ongrijpbaar. Ze kromp een beetje ineen.

‘Hoe...’ begon ze, maar ze wist niet hoe ze die zin moest afmaken.

‘Uw leidinggevende is hier’, was het antwoord van de dokter. ‘Hij kan u meer vertellen.’

De man verdween en een paar seconden later stond Rudi naast haar bed. ‘Sanne’, zei hij met een mengeling van bezorgdheid en nervositeit. ‘Je bent bij.’

Ze knikte langzaam en keek toe hoe Rudi op de stoel ging zitten. ‘Wat is er gebeurd?’ vroeg ze fluisterend.

‘Hij heeft het huis in brand gestoken. Jij en dat meisje waren binnen.’

Sanne kneep haar ogen samen. ‘Wie?’

‘Charlie.’

Het was alsof die naam de deur van haar herinneringen open zette. Ineens stroomden er beelden door haar hoofd. Ze verstijfde, om meteen daarna overeind te komen. ‘O god, Nina...’

‘Rustig, Sanne.’ Rudi duwde haar resoluut terug in de kussens. ‘Rustig blijven. Je hebt veel rook ingeademd. Je moet kalm doen, je longen moeten herstellen.’

Sanne keek naar hem. Ze voelde paniek opkomen. ‘Hoe is het met Nina?’

‘Ze is hier’, zei Rudi kalm. ‘Het gaat goed met haar. Ze komt er wel bovenop.’

Sanne voelde haar longen bijna uit elkaar knallen. Ze probeerde haar ademhaling onder controle te krijgen. Met de beelden kwamen ook de daadwerkelijke herinneringen terug. ‘O god...’ zei ze opnieuw. Ze zocht Rudi’s blik. ‘Het is mijn schuld. Ik heb...’ Ze schudde langzaam haar hoofd. ‘Ik heb...’

Ze zag de blik van een politieman op Rudi’s gezicht verschijnen. ‘Vertel me wat er is gebeurd, Sanne. Toen ons team bij het huis aankwam, stond het al in brand.’

‘Jullie team?’

‘Het huis in Brasschaat was de plek van de inval. We hebben er weken naartoe gewerkt. Eindelijk gingen er bronnen praten, zij hebben ons verteld waar we het bewijsmateriaal konden vinden waarmee we de gaten konden vullen. Charlies huis was een van die plekken.'

'Tot de brand...'

Rudi knikte. 'Tot de brand. Alsof hij wist dat we eraan kwamen.' Hij keek naar haar. 'Dat wist hij toch niet?'

Sanne schudde langzaam haar hoofd. 'Nee. Maar hij wist wel...' Spreken kostte haar moeite. 'Ik vond Nina, maar ze raakte in paniek. Ze riep dat ik weg moest, dat het gevaarlijk was. Ik moest haar rustig krijgen, anders hoorde Charlie haar.' Ze stopte even om op adem te komen. Rudi hield het rietje voor haar mond. Ze dronk en kuchte en zei daarna: 'Ik moest iets zeggen. Dus toen...' Ze schudde haar hoofd, alsof ze zelf niet kon geloven hoe stom ze was geweest. 'Dus toen zei ik dat ik van de politie was en dat ik haar eruit ging krijgen. Maar dat hoorde Charlie.'

Ze wilde niet naar Rudi kijken, maar durfde haar blik niet af te wenden. Er verscheen ongeloof op zijn gezicht, gevolgd door iets wat ze bijna nog erger vond dan boosheid. Teleurstelling. Hij had haar zijn vertrouwen gegeven en ze had het niet waargemaakt.

'Hij dacht dat ik een zender droeg. Toen sloot hij ons op en stichtte brand.'

'Alle papieren in het kantoor zijn verwoest.'

Sanne slikte. 'Ik ben zo stom geweest, Rudi.'

Hij haalde diep adem. 'Het belangrijkste is dat je nog leeft, Sanne.'

'Ik was zo bang, ik dacht dat ik dood ging. Maar nu is de hele actie mislukt. Charlie gaat vrijuit. Ik heb het verknald.'

Rudi zuchtte. 'Ik had je moeten beschermen. Het werk bij de webcams hield ook risico's in, maar die waren acceptabel. Ik had nooit tegen je moeten zeggen dat je bij Girls at Home binnen moest komen en ik had je al helemaal moeten verbieden met Charlie mee te gaan. Er had van alles kunnen gebeuren. Ik heb een fout gemaakt.'

'Nee.' Sanne keek ferm. 'Ik ben zelf te ver gegaan en dat is mijn verantwoordelijkheid.'

Rudi schudde zijn hoofd. 'Ik ben jouw baas, ik ben verantwoordelijk.'

'Hoe zit het nu met Charlie?' vroeg Sanne. 'Ik weet dat we hem kunnen linken aan Georgino Panzaki. Charlie en hij hadden samen getennist toen ik binnenkwam.'

Rudi keek op. 'Echt?'

'Ja. Zo te zien waren ze maten.'

'We hebben uiteindelijk camerabeelden gevonden waarop Panzaki te zien is. Het net sluit zich rondom hem.' Rudi haalde diep adem. 'En wat betreft Charlie. Er is nog een mogelijkheid dat we hem pakken. Steeds meer mensen gaan praten. Maar al het materiaal...' Hij schudde zijn hoofd. 'Dat het er niet meer is, is een enorme tegenslag. Iedereen die bij het onderzoek is betrokken, is er kapot van.' Hij liet zijn hoofd in zijn handen rusten. Toen hij weer opkeek, leek hij jaren ouder. 'Sanne,' zei hij langzaam, 'ik vind het vervelend dit te zeggen. Maar misschien is het beter als je een tijdje op vakantie gaat.'

Ze staarde hem aan. Deed haar mond open om iets te zeggen, maar sloot die toen weer. Uiteindelijk knikte ze en wendde haar gezicht af. Rudi stond op. Het gordijntje ruiste toen hij het achter zich sloot.

Uit *Soixante Neuf*

Deel 2 in de G-serie

Lees hier hoe het verder gaat.

1

SANNE ROMEIJN STAARDE NAAR HAAR EIGEN voeten en bedacht twee dingen. Dat ze in geen tijden haar teennagels had gelakt en dat het een luxe was dat ze, als ze wilde, de rest van de dag over dat feit kon nadenken. En ook dat ze geen idee had welke dag het eigenlijk was. Na twee maanden was ze het gevoel voor weekdagen helemaal kwijtgeraakt. Ze staarde naar de zon, die iets begon te zakken. Het zou een uur of halfvier 's middags moeten zijn. Ze reikte naar de dikke pil die naast haar lag. Nog uren de tijd om te lezen voor ze met een aantal backpackers die ze onlangs had ontmoet, in het beste restaurant van het eilandje zou gaan eten. De tent zag er niet uit, maar de curry's die er geserveerd werden, waren de lekkerste die ze tijdens haar twee maanden in Thailand had geproefd.

Twee maanden, bedacht ze, terwijl ze het boek op haar buik legde en haar ogen sloot. Ze zakte iets meer onderuit in haar hangmat en droomde een beetje weg. Het leek veel langer dan twee maanden. Rudi's suggestie dat ze haar drie maanden verlof niet thuis zou uitzitten, maar zou gebruiken om op reis te gaan, was een goede geweest. Thuis zou ze vast zijn gaan malen, zou ze alle gebeurtenissen keer op keer hebben herbeleefd. Zou ze verklaringen hebben gezocht, zichzelf de schuld hebben gegeven en gefrustreerd zijn geraakt dat ze het niet anders had aangepakt. Dat had geen zin, had Rudi meteen duidelijk gemaakt. Er was geen schuldige, er waren geen fouten. Er was hooguit onhandigheid.

Onhandigheid die haar bijna haar leven had gekost.

Dat was een feit waar ze nog steeds moeilijk mee om kon gaan. Rudi zei dat ze er haar lessen uit moest trekken en het achter zich moest laten. Dat eerste had ze gedaan, aan het tweede werkte ze nog. Ze zou bij een nieuwe klus in elk geval voorzichtiger zijn, dat wel. Een undercoveragente die zich te ver liet meevoeren in een voor haar nieuwe wereld, was niet alleen een gevaar voor zichzelf, maar ook voor de rest van het team. Ook al bevond die wereld zich voor het grootste deel op internet, daarbuiten kon het uiterst riskant zijn, dat had ze na deze opdracht wel geleerd. Want uiteindelijk was een kleine onachtzaamheid haar bijna fataal geworden.

Ze schudde haar hoofd en opende haar ogen weer. Meteen kneep ze ze een beetje dicht tegen de zon, die ondanks het feit dat ze in de schaduw lag, behoorlijk fel licht verspreidde.

Langzaam liet Sanne haar blik over het hagelwitte strand gaan. In het azuurblauwe water weerspiegelde het zonlicht als duizenden kleine lampjes. Het was dat er een palmboom voor haar stond, anders had ze uitzicht op twee statige rotsen die een soort poort naar het baaitje vormden. Daarachter strekte de oceaan zich uit. Ze had mazzel dat ze voor nog geen tien euro per nacht een huisje pal aan het strand kon huren. Ze had beschikking over een slaapkamer, een piepklein badkamertje en een mooie veranda, met de hangmat waar ze nu in lag en waarin ze al vele uren had doorgebracht. Ze huurde het huisje sinds een week en had nog geen behoefte om weg te gaan. Na acht weken waarin ze intensief had gereisd, was haar verblijf hier de perfecte ontspanning.

Ze richtte haar blik weer op de zee en haalde diep adem. Ze verbaasde zich er nog steeds over hoe verschrikkelijk mooi Thailand was. Zelfs Bangkok, waar ze na aankomst een week was gebleven, had meteen haar hart gestolen. De drukte, de levendigheid, de talloze knetterende brommertjes en schreeuwende mensen – ze had zich er helemaal in ondergedompeld. Zelfs de geur, die bij tijd en wijle niet te harden was, had ze op een of andere manier weten te waarderen. Het hoorde bij de stad.

Dat alles maakte dat ze zich heel ver weg van huis had gevoeld, precies wat ze op dat moment nodig had. Een andere wereld, dat was de juiste beschrijving. Een wereld waarin ze een grote undercoveroperatie niet bijna had laten mislukken. Niet de wereld waarin ze door persoonlijk betrokken te raken, bijna het voornaamste doelwit vrijuit had laten gaan, en waarin ze zichzelf zodanig in de nesten had gewerkt dat haar bevrijding een kwestie van toeval en snel handelen was geworden. Eigenlijk was het stom toeval dat het arrestatieteam, juist op het moment dat de brand uitbrak, was gearriveerd voor een inval.

Langzaam gleden haar gedachten naar haar leidinggevende. Twee jaar werkte ze nu met hem samen. Ze dacht terug aan hun eerste ontmoeting. Ze was nerveus geweest toen ze zich had gemeld bij de Dienst Specialistische Recherche Toepassingen. Het was nogal een brutale actie geweest om na slechts twee jaar bij de recherche te besluiten dat ze toe was aan iets anders. Ze wist ook precies wat: undercoveroperaties. Ze wist niet precies waarom, maar dat had haar altijd getrokken. Infiltreren in een andere wereld, de criminaliteit van binnenuit bestrijden – ze was vol mooie ideeën bij de dienst terechtgekomen. In de praktijk bleek natuurlijk dat ze echt niet met open armen was ontvangen en ze had behoorlijk moeten knokken voor haar plek. Ze realiseerde zich nog steeds heel goed dat het aan Rudi te danken was geweest dat ze bij de dienst mocht komen werken.

Sanne glimlachte toen ze terugdacht aan de licht sarcastische blik waarmee hij haar tijdens dat eerste gesprek had opgenomen. Ze herinnerde zich nog precies het gevoel dat dat bij haar teweeg had gebracht. De nervositeit was op slag verdwenen en had plaatsgemaakt voor bewijsdrang. Ze zou wel eens even laten zien wat ze kon. Dat tijdens het gesprek het sarcasme had plaatsgemaakt voor een geamuseerde blik, had ze als een overwinning beschouwd. Rudi was een man met een grote staat van dienst en ze wist dat ze iets bij hem had losgemaakt. Later had hij haar verteld dat ze hem een beetje aan zichzelf had doen denken, in zijn jonge jaren. Haar ambitie en doortastendheid kwamen overeen, had hij gezegd. Ze had het als een groot compliment beschouwd.

Dat ze Rudi's zegen had, betekende niet dat ze het in het begin makkelijk had gehad bij de dienst. Ze was niet op haar mondje gevallen en stond stevig in haar schoenen – twee eigenschappen die je bij de politie sowieso nodig had. Daarnaast was ze leergierig en had ze zo'n beetje elke cursus en bijscholing aangegrepen om beter te worden in haar werk. Maar dan nog was de eerste tijd een moeilijke geweest. Ze had moeten opboksen tegen zeer ervaren politiemannen en -vrouwen die niet begrepen dat de baas haar had aangenomen. Ze had te maken gekregen met veel scepsis en was ronduit tegengewerkt, maar ze had zich er niet door uit het veld laten slaan. Uiteindelijk had ze het respect van haar teamgenoten gewonnen, zeker nadat ze haar allereerste undercoveractie, waarbij ze samen met collega's was geïnfiltreerd om een illegale bonthandel te ontmaskeren, tot een goed einde had gebracht. Natuurlijk was ze bij die actie tegen allerlei beperkingen aangelopen, veroorzaakt door haar onervarenheid, maar samen met Rudi had ze daaraan gewerkt en bij de volgende actie had ze zich sterker en zekerder gevoeld. Ze had leren omgaan met de lastige kanten van het werk, met de vragen waarop ze meteen een zinnig antwoord moest geven, met de rol die ze keer op keer moest spelen. Rudi had haar daarbij geholpen en bij haar eerste, echte soloactie die erop volgde, had ze zichzelf dolgraag willen bewijzen. Het kostte haar nog steeds moeite daar aan te denken, aan hoe ze zich had vergaloppeerd.

Met een zucht draaide ze zich op haar zij in de hangmat, met haar gezicht naar de zee. Ze had nog een maand voor ze terug werd verwacht in Nederland en soms, als ze niet kon slapen, maakte ze zich al druk over die terugkeer. Wat als al het respect voor haar verdwenen was? Als ze helemaal opnieuw moest beginnen? Natuurlijk zou ze niet ontslagen worden, ze kon altijd terug naar de regionale recherche, maar dat wilde ze niet. Ze had niet voor niks zo hard gewerkt om zichzelf te bewijzen.

Ze sloot haar ogen en probeerde die gedachte kwijt te raken. Zo'n vaart zou het vast niet lopen. Iedereen kon fouten maken, had Rudi haar keer op keer gezegd. Ze voelde een beetje vertrouwen terugkomen. Rudi zou haar niet laten vallen.

Wil je weten hoe de G-serie verder gaat?

Lees de volgende delen:

Soixante Neuf en *Stille Nacht*

Als in seksclub 'Soixante Neuf' kort na elkaar twee lijken worden gevonden in posities uit de Kamasutra, besluit de politie tot een uiterst geheime undercoveroperatie. Agente Sanne Romeijn wordt teruggeroepen van vakantie. Zij is de enige die als luxe callgirl kan infiltreren om te achterhalen wie de Kamasutra-killer is en waarom de slachtoffers zo zijn achtergelaten.

Na haar geslaagde sollicitatie bij eigenaar Ramses Barbino wordt Sandy G. al snel een van de populairste meisjes van de club. Om de moordenaar te kunnen ontmaskeren moet Sanne ver gaan, zelfs over haar eigen grenzen. Juist als Sanne denkt de dader op het spoor te zijn, valt er een nieuw slachtoffer. Sanne moet alles op alles zetten om te voorkomen dat de Kamasutra-killer opnieuw zal toeslaan.

Soixante Neuf is het eerste deel in de G-serie, een reeks thrillers waarin misdaad en erotiek op een even subtiele als opwindende wijze worden gecombineerd.

Als agente Sanne Romeijn infiltreert bij Dare2Date blijkt al snel dat de moordenaar onder diverse schuilnamen opereert. Sanne moet gaan daten, maar weet ze wel met wie...

In de afgelopen maanden zijn drie vrouwen vermoord en de politie zit behoorlijk met de zaak in haar maag. De moorden trekken veel media-aandacht en de druk om de moordenaar te vinden is hoog. De politie heeft slechts één aanwijzing: alle drie de slachtoffers hebben een profiel bij Dare2Date, een internetbedrijf voor mensen die graag spannende en verrassende dates willen. De politie vermoedt dat de dader de datingsite gebruikt om zijn slachtoffers te kiezen, maar een onderzoek naar alle profielen levert niks op en de zaak zit muurvast.

Undercoveragente Sanne Romeijn krijgt de opdracht te infiltreren bij Dare2Date en van binnenuit essentiële informatie in te winnen. Ze start op de afdeling waar de profielen van de members worden gescreend. Ze maakt zelf ook een profiel aan, maakt dates met verdachte members, waarbij ze zich soms meer laat meeslepen dan ze eigenlijk van plan was. Zal ze de dader op tijd weten te ontmaskeren of moet ze daarvoor eerst met hem afspreken...

Stille Nacht

Paperback, 288 pagina's

ISBN 978 94 6068 169 1

€ 15,-

Verschijnt maart 2014

Colofon

Redactie: Karin Dienaar
Omslagillustratie: © Stephen Carroll / Trevillion Images
Omslagontwerp: Riesenkind
Zetwerk: V3-Services
Druk: Ten Brink

Eerste druk december 2013

ISBN 978 94 6068 160 8
E-ISBN 978 94 6068 913 0
NUR 305

Uitgeverij Marmer BV
De Botter 1
3742 GA BAARN
T: +31 649881429
I: www.uitgeverijmarmer.nl
E: info@uitgeverijmarmer.nl

www.sandrinejolie.nl